伴鸟而飞

陈敩义 著

鸟儿愿为一朵云，云儿愿为一只鸟。

——泰戈尔

北方文艺出版社

哈尔滨

图书在版编目（CIP）数据

伴鸟而飞 / 陈效义著 . —— 哈尔滨：北方文艺出版
社，2024.4
ISBN 978-7-5317-6181-5

Ⅰ.①伴… Ⅱ.①陈… Ⅲ.①长篇小说 – 中国 – 当代
Ⅳ.① I247.5

中国国家版本馆 CIP 数据核字（2024）第 071647 号

伴鸟而飞
BANNIAOERFEI

作　　者 / 陈效义
责任编辑 / 滕　蕾　　　　　　　　　封面设计 / 刘　美

出版发行 / 北方文艺出版社　　　　　邮　　编 / 150008
发行电话 / (0451) 86825533　　　　经　　销 / 新华书店
地　　址 / 哈尔滨市南岗区宣庆小区 1 号楼　网　　址 / www.bfwy.com

印　　刷 / 三河市华东印刷有限公司　开　　本 / 880×1230　1/32
字　　数 / 66 千字　　　　　　　　　印　　张 / 4.75
版　　次 / 2024 年 4 月第 1 版　　　　印　　次 / 2024 年 4 月第 1 次印刷

书　　号 / ISBN 978-7-5317-6181-5　　定　　价 / 68.00 元

鸟儿愿为一朵云，

云儿愿为一只鸟。

——泰戈尔《飞鸟集》

01

讷言少语的丁一山，经常会被人这样问他：你怎么叫这个名字，谁给你起的名，你这个名字有什么深意吗？每每这时候，丁一山还真不知该怎么回答了。渐渐地，对于他的姓名一类的询问，他索性就一笑了之。

说起来，他这个名字还是他那老实巴交的父亲给起的。

父亲小时候逃过荒，到过渭川市，被玉泉观的一个道士收留下来，当过几天的道童，说话半玄不通的，实际是个大字不识的老式农民。

那道士总是给丁娃子说，从一个人的姓名里就能看出他的出身、地位、家学、文化来。对于土里刨食的老农民来说，名字越简单越好。有人喜欢用怪僻字眼儿起名字，为了显示一点尊贵，反倒没有人承认。比如有一个姓孔的穷酸读书人叫什么大名，世人无人知晓，倒是他的穷酸潦倒的样儿，让大家用了汉字里最简单的"乙己"给他起了绰号，叫着叫着，这孔乙己自己也认了。其实呢，估计那个写书的鲁迅就是想给这个穷读书人起个最最简单的名字的。如果按照这个逻辑来说，鲁作家大概知道，世界上最简单的名字应该是"丨一乙"了，念起来有点像"孔乙己"，可是那个丨（读滚）的姓是上古年代的，早都没有人用了，鲁作家便拿读书人的祖师爷孔夫子的姓借来一用，给了这个穷酸读书人一个孔乙己的绰号，至少那些个既想讨得茴香豆吃又认不了几个汉字的孩子们叫着顺嘴，这样一叫起来大家便都认可了。

丁娃子自己也有了儿子。他刚好上了几天夜校扫盲班，认识的字加起来虽然不超过十个，但是为了显示自己做了人父的权威和尊严，也为了体现他从道士的话里悟出的"越是简简单单的就越具有了全部意义"这个朴素个性的思想，就从自己认识的那仅有的几个汉字里挑了最简单最好认的两个出来，做了儿子一生的大名——丁一山。

丁一山还记得，小时候，一到热天，生产队歇工后午饭的时候，父亲总和往常一样，端了饭碗去路边那棵大柳树下吃，吃完了饭就高声喊儿子来收碗筷。那柳树下聚集了村里几乎所有人家的男人，大家边吃着自家的饭食，边谈论着别人家的长短。常常是碗里的饭菜早已吃完，连碗底都舔过了，人却不愿意离开大树坑，还想继续说下去或者听下去，就会喊了家里人来收拾碗筷。听见父亲在路边树坑里大声吆喝一声"一山——取碗来",早早骑在门槛上等候的丁一山回了头,看见正在收拾锅碗的娘就会朝门外扬一下下巴,努一下嘴。他便飞跑出去,到人群里,从父亲脚边捧起那只大海碗往屋里搬。这时候,只要听到大人们对他的名字的谈论,他也会躲在院子里听上一会儿。

"一山——你咋能给娃儿叫了这个名?"

"随便叫的呗。世上叫狗蛋牛娃的人多了去了,还能有个啥讲究不成?"

"这名字可是要跟着娃儿一辈子呢,咋能随便叫呢?"

"名字嘛,能叫响就行。"

"咱们这些人,除了出门要饭,几辈子也没能走出这穷山圪塔。你这是要让娃儿也走不出山圪塔啊?"

"有山圪塔还不好吗?有山就有地,有地就有粮,有粮就有日子。"

"那何不就叫丁有山呢?"

"还是丁一山好,一架大山呢,字也好认,谁都念不错。"

后来,丁一山也想过改个响亮点的名字,可是父亲就是不同意,总教训他:"不改啦,一山多好。人活一世,就是一架大山戳在天地之间,顶天立地呢。"时日一久,丁一山也认同了父亲的这种诠释。

直到有一天，丁一山碰到那个叫潘丽莺的女孩子，他开始对自己这个名字自怜自爱起来。

大二开学，学校设在渭川火车站广场上的迎新接待处，中文系接待桌旁来了一个明眸皓齿的女生，头扎蓬松马尾，脚穿白色球鞋，一身青春气息。当时正是午饭刚过，值守接待的除了丁一山，还有三四个同学围在一起打扑克。

那时，丁一山有点午困，手里拿着书本，却伸着懒腰眼睛四下里闲游。那女生放下手里的铺盖卷儿和一个不算很大的提包，走到丁一山面前，咧嘴一笑，露出一对小酒窝和小虎牙，却没说话，只盯着丁一山看。丁一山一时间被那小酒窝小虎牙"蜇"了一下，立马站起来，问："你是新生？中文系的？""小虎牙"频频点头。他说："欢迎新同学，来，登记一下。"

在"小虎牙"登记的时候，丁一山把她写的每一个字都刻在记忆里了：潘丽莺，女，渭川市潘家寨。

丁一山没话找话："你叫潘丽莺？好名字啊。"

她又是咧嘴一笑："你叫什么？"

他嗫嚅着说："我，我叫，丁一山。"

她用手捂了嘴，几乎是惊叫了："啊，一山，是一休的哥哥吗？"

她这一叫，那几个同学都被逗笑了，扔了扑克围过来。有人对"小虎牙"说："对呀，他就是一休的哥哥，一山，哈哈！"

这个时候的丁一山，真的不知道自己该说什么了。青春那种特有的激情，往往在某一个瞬间某一种情境下萌生出来甚至喷薄而出，这是任何人都不可能预料的。

在接送新生的大巴返回学校的路上，丁一山坐在最后一排，手里紧紧攥着潘丽莺的行李，跟着吵吵嚷嚷的新生们一直到了中文系宿舍楼。

下车以后，他对潘丽莺说："你的行李多，我帮你送上去吧。"

潘丽莺很高兴，说："谢谢一休哥，哦不，谢谢一山哥。"

中文系的宿舍楼是个四层的拐子形状的筒子楼，像一个反着大写的字母 L，只有一个楼门口出入。男生住一二楼，女生住三四楼。楼层管理员也是一男一女，一楼是个老头，总是在一楼进楼处的值班室里喝酒，人进人出都不过问；三楼值班室里是个中年妇女，看见有男生上三楼四楼，就会大声喊住不让上，而且很刺耳地说："哎，那个谁，你是男的啊。"听到这句呵斥，不论男学生还是男老师，都必须停止脚步。

丁一山手提肩扛着潘丽莺的行李到了三楼，就被那楼管阿姨堵在楼梯口，说："你是男的，你不能上。"丁一山指指潘丽莺说："她是新生，我帮她把行李弄上去。"楼管阿姨瞅瞅两人，确定没有什么危险，说："快点下来，别让我上来撵人。"

丁一山领着潘丽莺挨个儿看贴在门框上的新生名单，找到她的宿舍，把她安顿下来之后，看宿舍里已经有三四个新生了，就准备离开。

潘丽莺说："这就走啊？你等一下。"她让他等，自己又绞着两手原地打转儿，不知道要留他做什么。

丁一山知道她只是对他客气挽留一下，便说："你慢慢收拾吧，我得走啊，不然楼管阿姨要上来撵人啦。"

潘丽莺使劲歪着嘴角咬着嘴唇，好像还有点着急的样子。只听她说："一休哥，哦不，丁同学，你一路上帮忙，辛苦你啦，我是不知道该怎样感谢你呢。这样吧，你坐一会儿，我给你洗苹果吃。"说着，蹲下身去翻那个大提包，从里面拿出几个又红又大的花牛苹果往床上堆放。丁一山知道，花牛苹果是渭川这地方的特产，全国驰名呢。他也知道，潘同学这是要真心感谢他。他说："苹果你留着自己吃啊，我真的走了，再不走，那楼管阿姨就来了。"说着赶紧走到门口，出去了。

潘丽莺追出门来，硬把两个大苹果塞给他，说："丁同学，喊你一休哥的事别生气啊，真的谢谢你。"

他只好接了苹果说："这有什么生气的呢，你也别太客气。"说着下楼离开了。

那两个苹果，丁一山好几天都舍不得吃，摆在床头自制的小书架上，每天看一看，心里就有甜甜醉醉的感觉。直到国庆节的前一天，少了一个，他一问舍友，是他的上铺，一个喜欢恶作剧捉弄人的家伙，说再不吃就蔫了，就替丁一山代劳了。

说来也怪，中文系的漂亮女生不少，而且有几个和丁一山同级同班的，相处得还很不错，可是没有哪个女生能让他像对潘丽莺这样牵肠挂肚的。自从这次认识了潘丽莺，丁一山的眼里心里都是她的影子，无论怎么想把她从自己的意识中赶走都是徒劳无用的。

系里每年都会把迎新晚会放在教师节这一天，有两个用意，一是欢迎新生，二是利用教师节来强化一下这些未来教师心目中对这种职业的自豪感荣誉感。

晚会上，大多节目都是大二大三的各班学生表演，最后出场的一个节目却让所有观众包括丁一山大喜过望。随着幕后放出一支熟悉的《茉莉花》乐曲，小跑着上台的竟是新生潘丽莺。她身着一袭白底墨绿的连衣长裙，脚步轻盈，面带自信的微笑。在聚光灯下，那一对小酒窝犹如装满了魔力，生动闪烁。一个优雅的亮相，就使得台下的掌声口哨声瞬间爆发——一片混乱。

潘丽莺用她那种少女特有的甜美娇羞夹杂着青涩又奔放的歌声把晚会气氛一次次带向纯美悠远的又忘情痴迷的境界。直到一曲唱完，舞台灯光大亮，她鞠躬后退准备下场了，会场里又一次爆发了热烈的掌声，还有不少人高喊"再来一个"。

这时已经走到台口的潘丽莺被疾步上前的主持人拦住，短暂的商酌之后，主持人用极为振奋的声音报出："下面，请大家继续欣赏潘丽莺同学演唱的校园歌曲《外婆的澎湖湾》。"

于是，台下再一次陷入狂热的呐喊咆哮声之中。当音乐响起，潘丽莺的歌声一经响起，几乎所有的人都跟着她同声唱

起这首很是风靡的校园歌曲。一时间，她的演唱几乎成了一场合唱的领唱了。

晚会之后，潘丽莺一下子成了中文系大家都问询传播关注的对象，而且有意思的是，很自然地，大家一致送给她一个雅号"茉莉花"。

当然，丁一山也在一直关注着她。与其说他关注她的日常存在，倒不如说更关注那些和她有亲密往来的异性。

最先是中文系学生会主席朱志文，他是一个高高帅帅的男生，形影不离地陪在"茉莉花"身边，食堂里同桌吃饭，教室里同桌上自习，连在校园内外散步聊天，两个人都是在一起。

这很快招来了不少男女学生对朱志文的敌意。虽然是大学，可是学校明令禁止学生谈恋爱的，而且之前还有过因为恋爱中偷尝禁果被开除的先例。为此，朱志文的班主任两次找他谈话，接着是系主任也找他谈话，听说还差点儿丢了那个对他的入党和分配很重要的学生官儿。

接着是系里刚分配来的一位讲古代文选的杨龙军老师，经常和"茉莉花"结伴而行了。

杨老师年轻有风度，留着长发，穿一件米黄色风衣，说起话来抑扬有致，走起路来风风火火，时不时会被女生缠住探讨某篇文章或某位作家。

丁一山听说，杨老师毕业前就有了恋人，两个人不在一个城市，他正在努力张罗着把女友从省城调到渭川来呢。

这一天，他的女友兴冲冲从省城赶来，在杨老师的宿舍门口等他。系里单身的几位老师的宿舍，被暂时安排在学生楼的三楼，和女生们做邻居。

学生们一拨拨到食堂吃中午饭去了，左等右等不见杨老师回来，他的女友打听了教学楼的所在，一路寻到教室里来。一进教室，看见杨老师和"茉莉花"两个人并排坐在一起，低声讨论着什么，很亲密的样子。他的女友便当场摔了门扬长而去。

听那个楼管阿姨说，等杨老师一路追到火车站把他的女友劝回来后，两个人在宿舍里又有过一次大吵，好像和女生"茉莉花"有关系。

楼管阿姨还说，最后杨老师向他的女友写了保证书，这件事才算完。

将近两个学期的时间里，只要潘丽莺的身影出现在丁一山的视野里，他总是装作随意溜达或者正好路过，远远地跟随，观察着她身边同行的每一个异性，判断又有什么人正在和她热乎着，推测他们的关系热乎到什么程度。这种单相思的滋味一直在炙烤着他的内心，难以言说。

很多个夜晚，宿舍楼就寝的铃声响过，各楼层宿舍里的灯还没有熄灭，丁一山独自在昏暗的操场上走来走去。这是因为操场正对着中文系的那栋宿舍楼，而潘丽莺的床铺就在临操场这边的窗户旁的上铺。她是否按时回来，是在洗漱准备就寝还是在看书；她是和舍友们有说有笑呢还是独来独往闷闷不乐。这些，徘徊在操场边黑影里的丁一山都能看得一清二楚。

更多的情形是，每天晚上，他翻来覆去睡不着觉，眼前都是她的笑靥她的身影，忽远忽近或真或幻，重叠着、交错着，在他的脑子里晃悠，赶都赶不走。

这些不能成眠的夜晚，丁一山设计了无数个约她出去一起或吃饭或聊天或看电影的方案，但一见了她的面，一个个方案都化成了浮云，瞬间飘散、无影无踪了。他心里清楚，自己真正就是个爱情幻想家，想象的巨人行动的矮子。

潘丽莺对丁一山并没有疏远或者冷淡，在人群里看见他，她总会远远地招招手，微笑点头，打个招呼。有时候，她身边如果没有追求者、没有同行的女伴，便会喊住他，说几句话。每当这时，丁一山总能感觉来自周围同性的探究或敌意的目光，他只好匆匆应付之后立即逃一般地离开她。

学校的三号食堂是一座新楼，每到周末，那里宽敞的饭厅就变成了舞厅，霓虹闪烁，舞乐轰响。老师学生男男女女在大厅里双双对对翩翩起舞。

丁一山本来是不跳舞的，因为他不到一米七五的个头，平平相貌，一身土气，他自知在那个场合是不相宜的，所以很少光顾。自从潘丽莺来了以后，她几乎每个周末的夜晚都会在那里度过，所以丁一山也就去了舞场。

舞场里有一大半的人跟丁一山一样，远远地站在边上看，从不下舞池去跳。有的是来陪朋友跳舞而自己不跳的，有的是想跳却没有合适舞伴的，多数是像丁一山一样，既不会跳，也不敢跳，更没有舞伴，只能躲在一边艳羡别人的。

在舞场里，潘丽莺自然是像公主一般深受追捧，几乎没有哪一种舞步是她不会跳的，也没有哪一支舞曲是她不被人邀请的。有时候，她刚和别人跳完一曲，气儿还没喘匀，甚至人还没走出舞池，就有好几个男生微笑着迎上来，彬彬有礼地邀请她了。

丁一山发现，倒是在几个舞伴同时邀请她的时候，她反而会摆着双手从容微笑地拒绝所有的人，借机找个角落休息一会儿喘喘气。

有一次，潘丽莺连跳了三支曲子后，正好有三四个男生去邀请她，她客气地拒绝说："累了，谢谢。"说完，低头往旁观的人群里钻，一抬头看见了丁一山，大声喊了他的名字，很意外很高兴的样子。

丁一山迎到她的面前说："是你？咋不跳了？"

她用手背拂着额头上的热气说："太累了，歇歇。"她笑着问他："你咋不跳呀？"

他老老实实说："不会。"

她说："你不会，可以学呀。来，我教你。"说着她伸出手来要拉他的手。

他一下子紧张地后退两步，说："不不不，我太笨，学不会的。"

她看出他有点难为情，娇嗔一笑，也没有再勉强。

自那以后，丁一山去舞厅看她跳舞，总是躲着她，生怕被她当面碰上。

丁一山心里对自己说，要是人家潘丽莺就是那只志在飞向南溟的大鹏的话，那他自己顶多是一只跳跃飞蹿在蓬蒿之间的麻雀而已。人贵有自知之明，还是发乎情止乎礼吧。

当然啊，有些想法又是很难捻灭的。如果星期六的晚上潘丽莺没有出现在舞厅里，她也就不会在宿舍里，因为她床头的小台灯是关着的，蚊帐也放下来了。丁一山知道，她差不多一个月要回一次家。

这时候，他就从同学处借来一辆自行车，星期天一大早骑上车子，从师专北门出发，沿着耤河从西到东，一路穿越渭川市，赶上二十多公里路，来到耤河汇入渭河的一处地方，那里就是潘丽莺的家所在的村庄，叫潘家寨。寨子东北面临着渭河，南面是山丘。丁一山顺着山上的耕地和树林中的小路上山，居高临下，观察寨子里的人家。有时碰上在田里劳作的村民，他经常以帮他们干两下农活为条件，与他们谈天说地，东拉西扯。其实他的动机再明了不过，就是在闲谈中知道了潘丽莺家的位置、她家里都有什么人。

在这里的大多数时间，他一个人坐在山峁上树荫下，远远地静静地观看这个寨子。

寨子东头连着公路，进了村口有一棵大槐树。远处看，那槐树就像一只羽翼丰茂蓬然支棱着的老母鸡，树下东跑西窜的十几个小孩，就是它翅膀下游戏打闹的小鸡。

过了大槐树，是寨子的中心，有牌坊戏楼商店和一所小学校。听说寨子里以前有集市的，现在交通方便了，附近的村民直接去了东川区的镇子上赶集买卖。围绕这个村中心，四周散落着百十来户人家。

潘丽莺的家在偏南的一条巷子里，院子不大，几间瓦房，门前有一块园子，园子里有果木菜蔬。

每当潘丽莺的身影时不时出现在丁一山的视野里，他顿觉眼前明亮，心跳加快。但他只能坐在山包上远远地看，他不敢到寨子里头去转悠，更不敢喊她的名字。

这样晃悠到下午两三点，潘丽莺背着大挎包走出家门，去了村东头的公路边等车。潘丽莺有个妹妹，妹妹有时候会送她到村口车站。

丁一山看着她上了路过的中巴走了，才动身骑了车子原路返回学校。

丁一山对潘丽莺的这种感情，有一天还是抑制不住了，终于喷发于笔端。他写了一个中篇小说，叫《矮子王老六的爱情》，投到省城的《飞天》杂志上，没想到两个月后居然发表了。

小说里，大学生王老六身高不足一米七，大家戏称他是光棍汉王老五的弟弟。王老六却是个天生的情种，喜欢上了同系一个貌若天仙的女生。这女生不仅长得漂亮，而且身材又好，苗条高挑，比普通男生还要高半头，在众多女生当中可有鹤立鸡群一比，人送外号白雪公主。自然而然地，王老六站在白雪公主跟前无疑就成了小矮人。

王老六自从喜欢上白雪公主，一天一首情诗送给她。有时兴致一来，还会当面朗读给她听，即使有同学碰到这种诗朗诵的现场表演驻足围观他也无所谓。而这个白雪公主呢，也不拒绝他也不答应他，只当是好玩，每次都付之一笑，之后该干吗干吗。

王老六为了减少两人身高上的落差，特意定制了一条喇叭裤和一双高跟鞋，那鞋跟是实心的，用长喇叭裤一遮，不细看还以为他一夜之间长高了不少呢。

王老六最终能赢得白雪公主的芳心，还是他那些情诗。有的在杂志上发表过，有的就是只给白雪公主读过。王老六以此出了一本诗集，而且名声大噪，一时间有不少女生争相接近王老六。白雪公主钦慕他的才华，主动约他。

两人约会的地方在公园里。就在白雪公主接过那本炽热的诗集，同意王老六献上初吻的时候，王老六到路边搬来几块砖头垫在脚下，站上去亲吻他的白雪公主，却不慎踩偏了砖头，崴了脚。白雪公主一路上半搀半抱着，把他送到校医院诊治。

从那以后，王老六和白雪公主出双人对了。

丁一山的小说被中文系的师生争相传阅讨论，一时间大有洛阳纸贵的感觉。宿舍里闲谈的话题也离不开王老六。那个喜欢恶作剧的上铺舍友，竟然用了索隐派那一套对大家解读说，小说是作家的心灵秘史，男主人公为什么叫王老六，就因为丁一山的名字总共加起来才只有六个笔画，所以才叫王老六。他还说，既然王老六的原型就是作者本人，那白雪公主也应该有其原型，极有可能，她就是我们熟悉的某个女生。那她会是谁呢？对了，就是那个茉莉花——因为潘丽莺曾经在班里的新年联欢会上表演过童话剧《白雪公主和七个小矮人》。

对此索隐，丁一山不置可否。更让丁一山没想到的是，舍友的这种索隐，很快又成为全系师生进一步索隐的坚实基础。

没过几天，潘丽莺亲自来敲丁一山他们宿舍的门了。他和潘丽莺很快双双坠入了爱河之中。

大家一致的看法是，讷于言而敏于行，在丁一山身上得到了最好的印证。

正当他们风光旖旎之际，一个十分残酷的现实也就降临了——毕业季到来了。两人面对分手无可奈何，便相约一起去游玩了南郭寺，买了一把同心锁，把锁挂在那棵无数痴情男女挂过锁的月老松上面，拴上一根红色绸带，上面写有"执子之手与子偕老"的誓言。而后，他们把对彼此的牵挂和比翼而飞的互相抚慰，约定为三年之后的这一天，两人就来这里相会。

　　懦夫！蠢材！丁一山还是用这两个短句表达了对自己的不满。当然，他只是在心里吼给自己听，不可能大声地说出来给别人听到，即使有时候也会出声，但那种弱音只是上下唇之间一次轻微的颤动，只是喉咙间呼出的一丝模糊的气息。

　　作为村子里的第一个大学生，丁一山终于熬到大学毕业的这一天，终于可以名正言顺地被分配到一份工作，成为堂堂正正的公家人，靠自己的工资养活自己了。他肩上扛着沉甸甸的铺盖行包，口袋里装着渭川师专的毕业生派遣证，心怀里揣着对茫茫前路的种种设想和期许，来到祖厉河畔这个历史悠久的家乡县城的教育局人事科报到，等待命运的分配。

　　最先报到的除了他，还有两个人。一个是他的高中同学，毕业于金城师专的好朋友唐诚，另一个是毕业于地区中等师范学校的女生袁丹凤。他们三个被人事科临时安排在局里帮几天忙，住在县招待所，等各路毕业生报到得差不多了，再一起安排分配学校的事。

这几天，他们无非是给新来的毕业生登个记、做个暂时安置，抄抄文件，整理一下底下学校的各种汇报材料，还有就是打扫卫生提开水之类的工作。但每个人最关心的还是自己将有可能被分到县城学校还是乡下学校的事，所以都特别用心，都想在局长科长办公室主任那里留下个好印象。

县城里仅有的三所高中分别是一中、二中和四中，没有三中。这个县历来骄人的高考成绩都出在一二中，虽然四中是一所刚建校不久的新高中，没什么历史和成绩，但在大多数待分配的毕业生心目中却有着特别的优势。县城初中有两所，一所叫长征，一所叫会师。

丁一山特意打听清楚了教育局局长的家，花完自己口袋里仅存的十几块钱，还连哄带骗从唐诚手里借来十块钱，买了水果烟酒等礼物，避开他人，到局长家里串了一回门子。当然，局长对他还是很客气，寒暄让座之后，也没让他难堪，直接问他想到哪个学校去教书。丁一山早已弄清楚了，作为大专生，县里的方案基本上是能够把他们留到县城，很少分配去乡下。分配去乡下的，大多是像袁丹凤这样的中师生。在县城，就那么几所学校，本科生一般会去高中，大专生去初中。而县城最好的初中，就是去年从县一中分出来的会师初中。所以，丁一山看着局长的心情不错，就直接表明自己想去会师初中。局长面带微笑，乜斜着丁一山放在茶几上的礼品袋，缓缓地点了几下头，语气模糊地说了一句话："嗯——，行吧。"然后就送他出门了。

不用说，串门回来的丁一山，心里别提有多高兴了。能留在县城留在会师初中当老师，他此刻最大的愿望也莫过如此了。所以，在返回招待所的路上，他想尽情享受一下这份真实的快乐，尽情挥洒一番内心的轻松自得，没有立即回房间，而是一个人又从招待所院子里出来，出声地哼着那首《在希望的田野上》的曲调，随意地踢踏着路边的石子木棍，心情无比惬意地把县城的大街小巷逛了个遍。然后，他就寄存了行包，向局里告了假，暂别了唐诚他们，直接回家了。

可是，过了半个月，当丁一山兴冲冲地直接跑到会师初中去报到时，而被告知，新来的老师都已到岗，却没有他。他又到教育局去找人事科科长问，结果人家说，你的去向是一所远离县城的金家集乡初中，而且早已下达了文件。再说啦，你的家乡在丁家沟，离金家集不远，这不是很合适嘛。

丁一山一时间有点蒙，愣在原地不知所措。人事科科长见状，从办公桌上一摞纸中抽出一份红头文件递过来，说："你看看这个吧。"

丁一山拿着文件端详半天，才看清文件题目里有"关于大中专毕业生分配"几个字。他努力使自己镇定一些，意识清楚不犯糊涂，把文件里说的事情理出个眉目。第一，这次县教育局安置的二十多个大专和本科毕业生，大多数都分配到县城的一二四中去了。第二，丁一山和中师生袁丹凤都被分到了乡下，同在金家集乡初中。第三，好朋友唐诚被分到了县四中。

丁一山实在想找局长当面去问问，为什么说好的会师中学转眼就变成了乡下初中，为什么有些中师生都留城了，而自己一个堂堂大专生却要去乡下！为什么为什么为什么，无数个为什么一时间让丁一山颈筋突突气喘吁吁。可是转而一问，这些话你能给局长当面吼出来吗？你问了，局长就能一一正面回答你吗？如果局长不仅不会答复你，直接把你轰出来又怎样？如果那样，你丁一山以后在教育局局长的这把勺子底下怎么讨生活怎么图发展？

于是，丁一山只能耷拉着脑袋，无声地走出教育局的大门，踏上他的乡村教师之路。他的耳畔一直有两个声音在相互撕咬。一个声音幽幽地说，子曰既来之则安之。一个声音咆哮着说，懦夫！蠢材！一点没错，你就是一个十足的懦夫、蠢材。

丁一山要去的金家集初中，他是知道的，因为他就是从那样的山沟沟里走出来的山里娃。那里没有公路，不通班车，连中小巴士也没有。他只能站在县城南关的路边，看见往金家集方向去的卡车货车拖拉机三轮车摩托车，挡住一辆是一辆，挨个儿问人家："你去不去金家集？能不能带上我？我给钱。"

终于有一辆往返拉砖的手扶拖拉机说要去金家集，谈好的三块钱，把丁一山送到学校所在地。

他从拖拉机上下来，背着铺盖卷儿，边打听边看，十几分钟就弄清楚了。集镇中心是乡政府，乡政府两边是卫生院和信用社，对面是杂货商店、诊所、小饭店、小旅馆之类，一东一西有两所学校，东边临河是初中，西边靠山是小学。丁一山径直去了街道东头。

丁一山知道，这里的乡村都没有通电，老百姓还是点煤油灯照明。乡政府所在地，借着和县水泥厂有两座山的距离，就近通上了电。乡初中依托着乡政府所在地的优势，也通了电，但是每天供电都是限时限量的。很多时候，学校和政府大院都随时准备好断电点油灯用。

学校正在准备开学，校园里零零散散有几个学生和老师，人不多。校长姓石，戴副眼镜，头发稀少却向后梳得很整齐，中山装的蓝色褪得几乎变白，却干干净净，面色苍老少有变化，几乎看不出严肃二字以外的表情。石校长给丁一山的印象，是个难以接近的人。

听了丁一山自报家门以后，石校长的脸上挤出些许笑样，站起来和他握了手，从身后的壁橱帘子下面拿出一个白瓷缸子，吹了两下，倒了开水放在丁一山面前。在石校长倒水的时候，丁一山看见他提着暖水瓶的手臂动作明显有点迟疑，可能是石校长在琢磨该如何下面的交谈吧。

丁一山盯着面前冒着热气的白瓷缸子，缸子内壁上有一圈明显的茶垢水渍。他猜想，不知主人用它招待过多少像自己这样的来访者。他没有去动那只缸子。

石校长有一句没一句地给丁一山介绍着学校的情况，说这里条件如何艰苦，远离县城，留不住好老师，就在前不久，又一个很得力的老师调城里去了。小丁老师你来得正好，希望你能扎根下来，为咱们山区教育做出贡献，等等，语气诚恳。

丁一山说："校长，你就给我安排工作吧。"

石校长沉吟一阵，慢腾腾地说："不急不急，学校呢，下午就要开教工大会，到时候会安排工作的，不急啊。我看这样吧，你去找负责后勤保管的张老师，先把吃住生活安顿了再说。"

丁一山按着石校长的指示找到后勤科。保管张老师表情木然，只听不说，顶多嗯啊答应一下，一副不想理人的样子，可做事却主动认真。张老师喊来两个男学生，分几趟帮着丁一山领了一张木板床、一张办公用的木桌和一把木椅。几个人搬到两排教室后面的教工宿舍区来。

一路上，丁一山问了张老师一个接一个的问题，好在每个问题都有极简练的答案。他把这些简单的、甚至是一两个词语的答案串起来，得到的却是十分真实准确的信息。学校办学条件差，教工宿舍也兼着办公室，单身老师都是两个人一间宿舍。那些成家的，不管家属子女多少，都是每人一间。原先调到会师初中的那人腾出来的一间已经给了先来的袁丹凤，丁一山只能和一个姓张的单身男老师住在一起。

最后，保管张老师说："小丁老师呢，你不用担心，你同宿舍的张老师那边，校长已经谈过话了，不会有啥可为难的，就这些了。"丁一山嗯啊答应着。

张老师敲开了一间宿舍的门，出来的是一位矮个儿小脑壳的年轻人。他弄明原委，立马微笑着和丁一山握手，自我介绍说，我叫张树东，咱俩能住在一个屋里，以后当然就是兄弟了。进了宿舍，张树东连忙收拾着自己东西，腾出一半应该归丁一山的地面墙角壁橱来。

保管张老师对丁一山说："你慢慢收拾，等收拾完了到我那儿去，我给你把伙食办一下。"说完就和学生们出门走了。

丁一山对张树东的第一印象是为人客气比较随和。接下来安置桌椅床铺打扫卫生的活儿就主动揽过来自己干了，每做一样，他都要征询一下舍友的意见，以示诚意，也是客气。

半间宿舍一张床板，就算把自己安顿下来了，他心里说。

不大工夫，窗外响了一声长哨，张树东说："小丁老师，走，吃饭了。"丁一山哦了一声，就跟着张树东出门。张树东说："你有饭盆没？带上。"丁一山说有，又回屋翻出一个陪伴自己大学三年的铝质饭盒、一把不锈钢勺子，去了伙房。

大多数老师带着家属或上学的子女，都是自己开灶。只有四五个单身的老师，不会做或者不想做。学校专门雇了附近一个农妇给他们开伙，大家都喊她蒲师傅。蒲师傅的工资从老师们上交的伙食费里开，所以单身教师们的伙食费，比自己开灶贵一点，比在外面买着吃便宜不少，还能吃饱。今天是丁一山第一次来吃饭，没有饭票，张树东替他交了。一顿饭少则三毛多则五毛六毛，就是一锅糊涂面。金家集这地方和别的乡镇一样，以面食为主。而这里人吃面食，不像在渭川城里有那么多讲究，基本上就是一锅糊涂面，当地人都叫疙瘩面。疙瘩面也有不少种类，酸菜疙瘩、下米疙瘩、洋芋疙瘩、萝卜疙瘩、臊子疙瘩，不一而足。单就所下的面片来说，有白面莜面豆面荞面苞谷面好多种呢。只要顿顿变着花样来做，大家对肠胃的要求都不会太高，还是很容易满足的。丁一山他们今天的中午饭，就是一顿实实在在的萝卜荞面疙瘩。他吃了一饭盒半，担心自己吃的多了不好意思，他看见蒲师傅对着自己宽厚地一笑，也就释然，报之一笑。

下午开会。会议室就是中午吃饭的地方，隔壁是灶房，中间有一个窗子相通。吃饭时窗子打开，给老师们交饭票取饭用；开会时窗子关闭，再挂起一块白布帘子。中午吃饭时丁一山就注意到，会议室前排五六张课桌，后排十多条长凳。丁一山走到会议室门口，看见校长副校长和书记三个人在前排，已经背对那个窗帘坐着，下边坐了三十几个老师。石校长再次握了丁一山的手，又向人群里招招手。丁一山看见了迟疑着站起来的袁丹凤，似乎比之前漂亮了些。待袁丹凤在校长示意下走到前面，和丁一山站在一起，校长把他俩隆重地介绍给大家，接着是一阵还算热烈的掌声。他俩就在掌声中给大家鞠躬还礼，然后一左一右各自找地方坐下。这就等于正式成为金家集学校的一员了。

丁一山一眼看见张树东坐在最后，走过去和他坐在一起。张树东低声跟丁一山开起玩笑来，说，你们鞠躬的样子，简直就是新婚夫妻拜天地嘛。弄得丁一山一脸的尴尬，哭笑不得。好在这时，丁一山看见保管张老师向自己招手，他走过去，张老师塞给他一个红色塑料皮笔记本、一支圆珠笔，比画着让他在一张办公用品登记表格里签上名字。回座位时，他看见老师每人手里都有这么一个笔记本，已经有好些人开始低头做记录了。他顿时明白，在这样一个场合，做会议记录，绝对是少不了的。他坐下来开始做笔记，尽量不去想那个"拜天地"的事。

石校长讲起话来滔滔不绝，东拉西扯说了有个把钟头，大意就是要求老师们爱岗敬业、爱校如家、热爱教育、热爱学生、严格要求自己之类的。王书记也讲了话。王书记是一个清瘦矍铄的老头儿，满头白发，给人不怒自威的印象。

张树东介绍说，王书记可是全县为数不多的省级模范教师，在全省教育界都是响当当的人物。那年月，教师队伍还没有职称一说，各级模范称号是教育成就唯一的体现。全国教育系统评定各级职称，是丁一山离开金家集那一年下半年的事情。

丁一山问张树东，王书记干吗不进城去，还要待在这里？

张树东带着些深沉的口吻说，这就是王书记不同凡俗之处，也是他令人敬佩的地方。不同凡俗，令人敬佩，这两个词一直在丁一山的脑子里纠缠不清，直到会议结束。

会上，给丁一山分配了初三年级两个毕业班的语文课、一个班主任，而给袁丹凤分配的是全校九个班的音乐课。

会后，石校长特意叫住丁一山，特意说明直接让他带初三，是学校缺少真正科班出身的语文老师，这也是学校对他能力的充分信任，不要有压力，放手干吧。石校长还不忘很关心地问他，生活上有没有什么困难，如果有困难的话就尽管提。丁一山忍了半天，最后还是提出，预支一个月的工资来置办生活用品。石校长很痛快地说："应该应该。"说着就直接带他去找会计。

会计是一个姓范的数学老师兼着，石校长让范会计给丁一山预支一个月的工资。范会计告诉丁一山，第一年为试用期，每月三十七块五。领了工资，丁一山当天就花得差不多了。买了二十块钱的饭票，花六七块钱买了脸盆牙膏毛巾之类的东西。他本来打算买一条新床单一双新球鞋的，看来这个月是不能够了，因为他必须留够十块钱还给唐诚。

星期天，丁一山从保管张老师那里借了一辆自行车，进了一趟县城，一路打听着找到了县四中，要给唐诚还钱，也是来跟唐诚道别。

见面之后，他从唐诚嘴里听到的第一个消息是，教育局本来准备把丁一山分配到会师中学的，可是，会师校长的老婆有个娘家的表哥，在丁一山要去的那所金家集初中当了二十年民办教师，去年刚刚转了公办，这时候死缠烂打地要那校长把自己调进城里。那会师校长没有办法，也依样画葫芦，去跟教育局局长死缠烂打，硬是拿那个人和丁一山对调了一下。一旦落实到文件下达，谁也没有办法了。

唐诚说，如果早知道一点，他就可以找人把丁一山再对调回来。丁一山也知道，唐诚说这话，不只是想安慰一下自己而已，不过，唐诚的话也并非没有一点诚意，因为丁一山知道，唐诚之所以能留在城里进了县四中，是因为他有一个在乡上当副乡长的大哥为他前后张罗着呢。

唐诚还说，这个县四中也不是他的理想国。现在国家提倡停薪留职下海经商搞活经济。再说，咱们这里一个月四五十的工资，到了东南沿海最少也有一个月四五百。很多学校和政府工作的人都辞职往南方跑呢，这个大潮叫作孔雀东南飞。他正打算去广州上海闯闯天下呢。

丁一山对广州上海不感兴趣，他眼前的目标是，三年内重返渭川市，去赴他和潘丽莺那个曾经的海誓山盟的三年之约。至于说去南方，工资会很高，可是像我这样一个农家子弟，谁又能给你那一份工作呢。

回学校的路上，丁一山的心里竟有了那么一点点感慨和触动。每个人都希望自己是生活的幸运儿，如果真有什么天降大运的事，谁都希望能第一个降临到自己头上。殊不知，只有经历了苦难而来的每一份幸福才会是真正甜蜜的，而未经苦难淬炼的任何幸福终将是苦涩的。他一方面做好了在金家集经受苦难磨炼的思想准备，一方面也开始盘算，怎么才能早一点离开金家集重返渭川市的事。

伴鸟而飞

羞辱他人之人，终究羞辱的是他自己。这一点体会，是丁一山走出金家集之后，用几十年时间反刍当时的那些人和事时，慢慢才会有的一点感慨。其中尤以和舍友张树东的龃龉过往为最难忘记。

丁一山和潘丽莺的通信差不多一个多月一个往返。那年月没有手机，长途电话很少有人用得起，书信就成了两个人互诉衷肠寄托相思的唯一方式。在丁一山的再三恳求下，潘丽莺在第三封信里给他寄来一张照片。让丁一山大喜过望的是，这是一张放大了的彩色照片。那时候，人们照相，通常是让照相馆的师傅把黑白照片涂上点颜色当彩色。而一旦有了真的彩色照片，好多人哪怕再贵也要去照上一张来炫耀。丁一山把那张彩照片当作宝贝自不必说，关键是他舍不得摆在镜框里，放在桌面上给别人看到，好像别人看到了照片就和他分享了心爱的女子一样。于是他把照片夹在厚厚的《文学概论》书里。一拿起书，他先看照片再去看书，似乎就有了足够多的动力和信心。

也不知怎么搞的，同宿舍的张树东早就知道丁一山书里彩色照片的事了。

一次看完晚自习，丁一山刚回到宿舍，迎面看见张树东手里拿着潘丽莺的照片在看，还嘿嘿嘿地在那里自笑自乐，根本没有发现照片的主人就站在他的背后。

不用说，丁一山心里十分的不快，差点发作起来，但是他忍住了。

在一个宿舍里待着，多少知道一些对方的秘密，也没什么要紧，关键是自己不能太敏感，不能太小题大做，不然两人以后很难相处。

于是他顺手抢过照片，若无其事地塞回书页里，笑着对张树东说："大哥，这是我的私人物品，你怎么能随便翻看呢？"

张树东有点尴尬，看丁一山并没真生气，讪讪地解释说："不是我有意要看的，是我看见你桌上的书翻开着，照片露在外面掉出来了，就拿起来看了一下。哎，这么漂亮一个女子，我还在猜想是哪个电影明星呢，你就进来了，这真不能怪我。"

丁一山不好多说什么，但也没必要回答他再三追问的是不是恋爱对象的问题，只说是一个大学同学。

从那以后，张树东不止一次对丁一山说："反正你已经有对象了，就请你给老哥帮帮忙吧。"

丁一山问他能给帮什么忙，张树东说："我看那个袁丹凤只和你一个人近乎，对我们其他男老师都冷冰冰的样子，生怕谁给她惹上瘟疫会让她倒霉一样。怎么样？帮我把她追求到手吧，到时候好好谢你。"

看他说得郑重其事，丁一山也实言以对："追女生处对象这事，别人怎么好给你帮忙？全得靠你自己啊。"

张树东挠着头，吭吭哧哧地说："你说得是没错，可是，可是我和人家不熟，说不上话啊。我看你能追到这么漂亮的女生，肯定比我有经验吧。再说，再说，必要的时候，不是还需要一个牵线搭桥的人吗？你就算是给我们当一回媒人吧。怎么样？"

让我当媒人？这不是笑话吗？不是我称不称职的问题，是你就不怕我假公济私，借当媒人谋私利吗？丁一山心里这样想，嘴上却说："俗话说，大姑娘说媒，难开口啊。我虽然是个男的，也不好意思跑去跟人家说，袁丹凤，我来给你保媒了吧。哈哈哈。"

张树东说："要不，你教教我，怎么才能让袁丹凤愿意跟我交往？只要两个人开始往那方面去交往，走到哪一步就看两个人的缘分了，对吧？"

丁一山说："这个，你让我怎么教你？追女生就好比在烟囱里掏麻雀，各人有各人的掏法，我总不能用耍猴的办法去驯驴子吧。"

丁一山嘴上这么说,心里却想的是,我用写小说写诗的手段赢得了潘丽莺的芳心,我是投其所好吧。如果让你用同样的办法去追袁丹凤,不说人家会不会动心,还得看你有没有这两刷子。让你张树东去写爱情小说写爱情诗,你行吗?

张树东说:"你肯定会有办法的,就看你有没有真心帮老哥了。"说着,把一个刚从冰水里捞出来的软软的冻柿子塞到丁一山的手里。那时节刚入初冬,北方的柿子已经冻成冰坨,吃的时候须放在水里把冰消融了才好。看来,他是在诚心央求丁一山了。

丁一山只好答应他,自己找个聊天的借口把袁丹凤带到宿舍里来,然后借故离开,剩下的事情就看张树东的能耐了。

第二天下午放学后,在饭堂里,正好袁丹凤问丁一山有什么好书借给她看看,说这几天备课写教案弄得自己挺没意思的,晚上想看书。

丁一山说:"我那里也没什么好书,你自己来挑,看有没有你喜欢的。"

说好晚自习之前这个把钟头里,丁一山在宿舍里等她。袁丹凤回了一趟宿舍,很快就来敲门了。

是丁一山支使的张树东给她开的门。袁丹凤问张树东:"张老师啊?我来找小丁老师,他不在吗?"

张树东说:"在,在,呵呵,我还以为你来找我的呢。"

袁丹凤走进门来，说："我找小丁老师借书的，找你干啥呢？"

丁一山站起来，笑着对袁丹凤说："小袁老师来啦？稀客呀，快坐快坐。"

他又指着自己的书桌和小书架说："我就这几本书，你自己看吧。不过，张老师也有好书的，你跟他借更好些。"

丁一山已经把一本新买的《人生》和一本旧的封皮有些破烂的《安娜·卡列尼娜》借给了张树东充用。

袁丹凤似乎显示出了惊讶："是吗？物理张老师也有好书啊？能借给我看看吗？"

看他俩已经接上话题了，丁一山说去上厕所，就开溜了。一直到上晚自习的铃响了，才回去拿学生的作业。一进门，屋里只有张树东没见袁丹凤，他问张树东进展如何。张树东一脸沮丧，说："嗨，别提啦。"

丁一山问："怎么这么丧气，没谈得来吗？"

张树东说："袁丹凤只翻了翻你的书，我给她说这个《人生》好看，让她拿去读，她瞧都不瞧，说早看过了。我又给她说那本《安娜》多好多好，没想到她问我，《安娜》是哪国人写的，我说是英国的吧。她讥笑我说，英国人的《安娜》她不用看，让我自己看吧。说完，见你不来，她就开门走了。你说我笨不笨？书皮上明明写着俄国人的嘛，我咋就没看见呢？哎，丢人呀！"

丁一山也觉得有点好笑，可是他还是安慰了张树东一下："这有什么丢不丢人的？你学的是物理，又不是文学。继续努力吧。"说完，他去教室看学生自习了。

可是，从那以后，丁一山再邀请袁丹凤到宿舍里去坐的时候，她坚决不答应，只愿意和他在校园里街道上或田野里走一走说说话。他真的有点怀疑，张树东在和袁丹凤单独相处的那段时间里，说了什么过分的让人家起疑的话。

为了那个媒人的职责，丁一山约袁丹凤晚饭后到土操场上说会儿话。袁丹凤爽快地答应了。

他和她说了一些新入职的感受之类，若无其事地问袁丹凤，对张树东什么印象，为什么要那样嫌弃地躲着他？

袁丹凤说的话让丁一山有点意外。她说："你和他在一个宿舍住着，还不知道他啥样人吗？"

他说："啥样人？我真不知道，说说吧。"

她说："你看他那个样子，个子矬就不说了，长了个又小又尖的脑壳儿，还留一个尖顶小分头，真是削尖了脑袋。你不知道吧，学生都叫他什么呢？好笑死了。"

他说："叫他什么？"

她说："'獐鼠'！哈哈！"

他问："叫他'张树'？为啥要去掉一个'东'字？"

她边笑边说："是'獐鼠'不是'张树'。我问过高年级的学生，学生说，一看见张树东，就想起一个成语叫'獐头鼠目'，不是挺好笑的吗？"

　　笑过一阵，她接着给他讲："这个人特别引人注意的，是他那双小眼睛配上一副边框很大的眼镜，白多黑少的眼珠子在镜片后面滴溜溜乱转，让人怎么看怎么不舒服。还有就是，听学生们讲，张树东上课时总喜欢站到讲台下面，长时间地停在某个女生旁边，盯着那个女生的胸口或脖子，边看人边讲课，那样子那眼神儿，要多恶心有多恶心。于是，学生们背地里说他是獐头鼠目，时间一长，就简化成'獐鼠'两个字，成了他的外号。听起来好像只是把他的名字简化了一下，而知道这外号来历的人，总是会心一笑。这个外号，全校无人不知，唯独他一人不晓。"

　　丁一山仔细想想，也觉得他的这个舍友确实就是这个形象。

　　这天晚上，丁一山做了个梦。梦里，他日思夜想的潘丽莺，从几百里外的渭川市赶到金家集学校里来看他了。潘丽莺比先前更漂亮更楚楚动人了，一笑，两个小酒窝更显眼更妩媚了，电影明星似的。马尾巴在脑后一甩一甩地，俏皮极了。她一进门，就扔了行李，张开双臂向他扑了过来。突然，他惊呼："袁丹凤！怎么是你！"

　　就在这时，他被自己的叫喊声惊醒了。他睁开眼睛，宿舍的灯亮着，张树东就站在他的床头，惊愕狐疑地盯着他看。

　　他迷迷瞪瞪半晌，问张树东："我，我干什么了？我做梦了吗？"

张树东说:"你喊她做什么?你喊袁丹凤做什么?你是不是占着碗里的还盯着锅里的?"气氛一度尴尬到要死。

过了一会儿,张树东嗅着鼻子又问他:"你闻,这啥味儿呀?宿舍里啥味儿?"

丁一山赶紧从衣帽架上扯了一条干净的裤头跑去厕所里换了,把脏的顺手扔在粪坑里。回到宿舍,张树东长时间对着他笑,一副不怀好意的嘴脸,实在是让他难堪。

第二天上完早操,丁一山回宿舍准备上课的路上,看见一群学生在厕所边上围着,一个个仰着脖子,指指点点,嘻嘻哈哈。

他凑过去一看,边上一棵歪脖子柳树的树杈上挑挂着一团脏东西,上面有几只苍蝇聚散飞舞着,散发出屎尿骚臭,还混杂着一股特别的气味。再仔细看,这不正是他昨晚扔到粪坑里的那条裤头吗?

旁边有一个学生说:"这啥呀?谁的裤衩?"

另一个学生一手指着那裤衩,一手捂了嘴给同伴耳语,然后高声嗷嗷地叫着。

他们扭头看见了身后的丁一山,轰的一下子全跑散了。

丁一山上前一看,裤衩下面的树干上还贴着一张纸条。他顿时觉得一股热血冲向了脑门,简直气炸了。"无聊!无耻!恶毒!可恨!"他一边诅咒着,一边撕掉了那纸条,用一根木棍挑下那脏裤衩,丢进粪坑。就在他用木棍把那东西使劲捣进

屎尿里去的时候，张树东跑步进了厕所。张树东看着他手里的木棍，又现出那惊愕狐疑的神情来，关心地问："丁老师，你在干啥？啥东西掉下去了？"

片刻间，丁一山瞪着张树东，直喘粗气没吭声。他感觉自己眼睛里能喷出火来，因为他看见张树东似乎抽搐了一下，脸上的一个红斑像火苗一样慢慢变大，再变大，连那装出来的笑意被烧焦了似的凝固在那张脸上。

丁一山把手里的木棍往起一提，再猛地一掼，砸进粪坑里，溅起一片粪水之花在那里斑斓盛开。他用很平静的语气对这位舍友说："看见了一只死老鼠，满身的脓疮，太恶心人，就处理掉了。"然后，还不忘对张树东笑一下，走了。

不难想象，自从这次龃龉之后，丁一山和张树东两个人之间再也没什么话可说，而且有了各种别扭。张树东扫地洒水，只做他床铺所在的一半地面。丁一山倒垃圾，也只清理自己的那一部分。丁一山就寝后有继续看书的习惯，张树东偏要关了灯睡觉。丁一山只好自制了一个煤油灯放在床头，张树东就去买个布帘子拉在两张床铺之间遮住灯光。反正两个人一度很紧张很别扭。

这种情形之下，丁一山自己也反省过，他认定是张树东在裤衩事件上生事在先，但他也承认自己并不是大肚能容的人。特别是，事情不论大小，只要一想到"獐鼠"这个雅号，他就更不能对张树东的所作所为产生什么大度的想法了，反而处处针锋相对。

　　这样一来，丁一山除了睡觉备课批作业这些时候必须在宿舍里，大多数时候都是在外面溜达，以减少两个人正面相对的时间。

　　张树东对于丁一山的态度，也差不多，唯恐避之不及。

　　人与人的交接就是这样。当你喜欢别人仰慕别人希望与他近距离接触的时候，别人身上哪怕是缺点的东西，在你看来也许都会闪烁着金光呢。相反，当你畏怯他厌恶他想方设法要远离他的时候，他身上便一无是处了，哪怕你曾经羡慕过喜欢过的东西，也会在你的眼中成为十分刺眼的，使你感到不适的污秽所在。

　　现在，在张树东看来，丁一山有一个远在天边的天仙一般的女朋友潘丽莺，还有一个近在眼前的唾手可得的袁丹凤，这个人无疑就是传说中那惯于拈花惹草招蜂惹蝶的一类人物了。虽然凭他张树东的见识，一时还想不出梁山伯为什么能吸引住祝英台的青睐这样的道理，但他的意识里是，把这个近在身边能在睡梦里喊着袁丹凤名字的人赶走，越远越好。

　　于是，宿舍里的气氛很不友好。哪怕丁一山那边正吃着馓饭呢，张树东这边也要很响地吸溜一番鼻涕；哪怕丁一山那边床板稍微有一点声响，张树东这边必须来一通大的翻身来回应。

　　两个单身男人在一个屋子里别扭，最简单的办法就是中

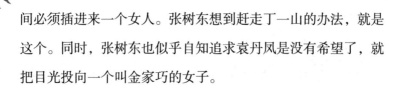

间必须插进来一个女人。张树东想到赶走丁一山的办法，就是这个。同时，张树东也似乎自知追求袁丹凤是没有希望了，就把目光投向一个叫金家巧的女子。

金家巧曾是丁一山的学生，学名叫金家雀。土话里把麻雀叫麻巧儿，所以金家人不怎么用家雀这个名，只说家巧好听又亲人。但是语文老师丁一山习惯用普通话，喊她金家雀。乡里女孩上学晚，金家巧在丁一山的课堂上没有几天就辍学去帮家里做事了。她不像其他乡里女孩那样缺营养，似乎成熟早些，身材发育得惹眼，金家集上有不少的眼睛在盯着呢。

她爹金大牙是原先公社大灶上的一名厨子，生产责任制之后，嫌大灶上收入少就辞职出来开了个饭馆，生意很好。金师傅擅长的手艺是做肉食，牛羊猪狗马兔鸡鸭，只要从他手里做出来，吃了的人没有不说好的。金师傅最拿手的其实还是做猪肘子，取名叫作东坡肘子。不知道他是否受过苏东坡真传，或者专门去过湖北黄州做过这方面的研学，反正吃过他做的东坡肘子的人说，金师傅的肘子肉，做出来往那桌子上一放，满屋子飘香，只要是个吃饭的嘴，都会流出哈喇子来。

金家巧长相没咋变化，可是由于帮她爹打理小饭馆的原因，也许是东坡肘子吃多了，她的个子不见长高，却只往横向里发展身材。慢慢地，人们只看见她的腰身臃肿，看不见她有眉眼俊俏了。

金师傅馆子里的东坡肘子，定例是只有遇到乡镇干部开会周末逢集这些日子的时候才会有。可是金家集上的人们，一旦闻到了空气里飘来那种熟悉的肘子肉的香气，不管什么时节，只要兜里有钱，就会不自觉地跑到金家饭馆里去。张树东便是其中之一。

这几天，金大牙除了专心做肘子肉，还有一件事，就是早一点给金家巧定下亲事，因为农村女娃一旦到了招人眼的岁数，选亲订婚就成了头等大事，否则就会出乱子的。

金家巧是农村户口，在父亲的教育下，一心要找一个端公家饭碗的。她曾经对那些上门说媒的发过誓，说："一个女人，能不能生男孩由不得自己，可是找个农民还是工人干部的男人完全由得着自己。"言外之意是，坚决不嫁给土里刨食的农民。

这样一来二去，金师傅托人给张树东说，金家巧想和他处对象。起初，张树东并不热心，两个人有一搭没一搭地交往了几天。交往的结果是，张树东每次到金家饭馆去吃肘子，总会多给肉少收钱。

后来，张树东看上了学校里新来的单身女老师袁丹凤，决定不再去吃肘子肉。现在又折回来了，这个金家巧就成了插在丁一山和张树东之间那个扭转乾坤的女人了。

一天晚自习后，丁一山在外溜达了好久，估摸着要回去睡觉了，可谁知打开宿舍门，迎面碰上张树东正和一个女人亲热的场景。他实在是尴尬得不行，赶忙退步出来，再把门掩上。这个女人就是金家巧。

之后的几个晚上，金家巧天天要在他俩的宿舍里逗留到很晚才离开。这让丁一山老师很尴尬。他早就感觉到了，这是张树东要把他从宿舍里赶走的既定方针。

丁一山多方了解，学校里没有多余的宿舍，单身老师除了袁丹凤是一个人一间宿舍，其余男的都是两人一间。怎么办呢？他发现在保管张老师的保管室旁边，还有一眼窑洞，里面堆放着全校师生过冬时烧剩下的煤炭，占了一半地面。如果把那些炭收拾一下，可以放下一张床一张桌子。这条件属实是差了点，但总好过与那"獐鼠"共居一室吧。于是，丁一山专门去找石校长谈这事，没想到石校长有点于心不忍地说，那窑洞是以前社队办学时箍的，虽然也住过人，但现在过于阴暗潮湿，还随时有坍塌的可能，怕丁一山住进去有危险，希望丁一山再凑合凑合，等学校有能力解决了，一定给他腾一间单身宿舍。

丁一山对石校长说，现在是冬天，雨季已经过了，窑洞坍塌的危险可以不考虑，至于其他如阴暗潮湿这些，他自己都能克服，他只是想有一个独立安静的看书和备课的环境。石校长无奈，只好同意了他的要求。这样说来，石校长对小青年丁一山还真够意思，丝毫没有难为他。

很快，丁一山就从张树东那宿舍里搬出来，住进这炭窑里来了。为此，袁丹凤还特意抽出没课的时间，来帮他洒扫安居。袁丹凤打趣他说："王宝钏寒窑十八年成就了一世美名，你这是也要成就一世美名吗？"丁一山无奈地笑笑，心想：我并不为要成就什么美名，而是必须要在这炭窑里苦熬上几年才行。否则，我只能在这金家集待一辈子了。

可是谁能想到，一件最让丁一山羞愤的事情，就和这炭窑有关。

元旦假期刚过，一开学，大清早就听见校园里人声嚷嚷。丁一山跑出窑去，还不明所以呢，只见一个学生远远地向他挥手示意，意思是快回去、躲开点。

原来，金大牙一大早就跑学校里来了。门房老头的手里提着打铃的铁棍，一直拦着他不让进，说学生们还没到呢，学校里没有你家金家巧。

金大牙执意要进学校，声称找的不是学生，是那个刚分配来的丁老师。最后把石校长堵在校门口，说是丁一山诱骗他家金家巧住在学校炭窑里了，已经两夜没在小饭店里看门过夜了。

石校长一听，兹事体大，不仅关系到两个年轻人的声誉前程，更关系到金家集初中的社会影响，于是赶紧带金大牙到自己的那间办公室来详细询问情况。

金大牙的身子堵上校长室的门，背向着门外，呲着大门牙，翻动着两片肥嘟嘟的嘴皮子，倒前倒后地给石校长讲了大半个小时，总算把事情讲清楚了。这期间，石校长多次打手势使眼色才驱散了门外来回看新闻听消息的学生和老师。

金家巧确实是两天两夜没在她爹的饭馆子里露面了，每天都是金大牙自己开门锁门。起初，金师傅没太在意，以为女孩贪玩，跑哪个好姐妹家过夜去了或去别的什么地方一时间逗留住了也是有的。反正不是逢集的时候，他店里没什么客人，生意上人手不是很紧。再说女儿也大了，又不念书，自己有个啥主意也很正常。就这样，到了元旦假期结束，眼看镇上的干部们都来上班了，学生们都背着干粮到校了，店里也忙起来了，就是死活不见女儿的影子。

金大牙心里急呀，说这个死女子死到哪搭去了。他猛然想起，不久前托人给女子说媒，介绍的是学校里的张树东，那小伙子金师傅经常见，也知道住的地方。他黑夜里溜进学校敲开了张树东宿舍的门，问张树东，这两天金家巧来没来过，知不知道她会去哪里。张树东一副很惊讶的样子说，我根本不知道你说的啥，你家女子去哪里了咋还要问我要人，是不是以为我把你女孩儿藏起来了。这可是诬陷啊，金师傅！几句话像石头磕子给金师傅砸过来，气得金大牙直跺脚又没有二话，狠狠地往地上吐口唾沫，转身走了。那张树东还在身后冷嘲热讽般地喊："金师傅，要不要我和你一起去乡上派出所报个人口失踪啊，我可知道派出所就在乡政府旁边的。"这话，咋听咋不像个善良人口里说出来的呢！金大牙心里说，幸好把你看透得早，要真是做了我家女婿，还不得祸害我多少事儿呢。

就这事让金大牙心急火燎的时候，不知谁给他说，镇上的年轻人里，学校有个丁一山老师，好像好几天没露面了，会

044

不会和你家女子有牵连。这话又砸在金师傅的心里了。因为他似乎看出来，自己家的金家巧对那个张树东似乎并不真心，只是在乎他有一份公办教师的工作。金大牙猜想，女儿当过丁老师的学生，从不说丁老师的不好，说不定女儿是把自己的终身和丁老师绑上了。金大牙又听说，那个丁一山不住在两个人宽敞干净的教师宿舍里，却搬到黑咕隆咚的地窖一般的炭窑里去住了，实在少见。这样说起来，那个丁一山见不着人的举动背后肯定有见不着人的事情，说不定就把我家金家巧勾搭到手了。怪不得我女子一连几天不露面呢。

石校长低声说："金师傅，你可不能乱说！这些都是对你家女子不好的话，别人可以乱说，你怎么能随便说呢？"

金大牙张大嘴，半天说："我是急糊涂了，不是急，是气糊涂了。"

石校长又说："你也说不着丁老师吧，你没证据啊。要不，你的意思是要亲自去炭窑里看个究竟？"

金大牙说："就是就是，我找你石校长就是这个意思。"

于是，石校长带了金大牙，还有门房打铃的老汉和保管张老师，一路朝丁一山的寒窑里来，那阵仗史无前例呢。

石校长把丁一山绊在屋后空地上问话，另几个人都挤进那眼炭窑里，东翻西找，仿佛金家巧那样的活人能藏进墙角的老鼠洞里似的。一番折腾，金大牙他们出来了，又不死心一般，瞪了丁一山一眼，走了。

石校长对丁一山说:"小丁老师,没啥事,不关你的事啊。"说完也走了。

丁一山心说,咋没事?没事来这么多人?咋不关我的事?不关我的事为啥搜我的屋啊?气得丁一山一上午没出窑门。

中午,袁丹凤打了一碗面疙瘩饭给丁一山送来,顺便看看他。

从袁丹凤嘴里,丁一山听到了可真可假更大的新闻,金家女儿好像有了身孕,元旦前就偷偷去了县城,想必是打胎去了。可奇怪的是到现在也不见人影,急坏了金大牙一家子。

丁一山想,难怪人们总说好事不出门恶名传千里呢。无论如何,待在这炭窑里也不是长久之计,说不定哪一天,还会真有什么说不清楚的事情和我扯上关系呢。

04

　　骄人自大，在丁一山心目中，跟令人尊敬的老书记是不可能有什么瓜葛的，可是偏偏不巧，丁一山最终还是用了这样的字眼来评价这位老书记了。这还要从那次老书记和丁一山的特别的谈话说起。

　　金家巧事件让年近花甲的老书记对青年教师丁一山格外关注，那也是情理中事。这足以说明学校重视青年教师的培养和成长。

　　那年的寒假，丁一山没有回到四五十里外丁家沟乡的家里去过年。说四五十里，真走起来要绕道县城再折回祖厉河另一条沟岔，起码有一百五十里。通过邮局，丁一山给爹娘弟妹寄去了一张一百块钱的汇款单，他在汇款单上说自己不回家过年，要参加一个新教师培训班，一百块钱给家里人置办年货用。

说实话，给家里寄了这些钱之后，丁一山口袋里已经所剩无几，因为那年头，短短几个月攒出一百元的积蓄，对一个刚参加工作的年轻人来说，无疑要对自己的吃穿用度节俭到苛刻的程度才能办到。

显然丁一山跟家里人说谎了。寄完钱，他又借口想买一辆自行车向石校长告急，等石校长在他的借款单上签了字之后，他从范会计手里顺利预支了五十块钱。有了这笔钱，他的假期计划才能正式实施。于是一放假就买了去渭川的长途汽车票，也没有给潘丽莺那边打招呼，就直接到渭川师专来了。

师专的学生大多都放假回家去了，校园里一下子冷冷清清空空荡荡的。丁一山来到中文系宿舍楼，楼管阿姨认识他，有几个留在宿舍楼的男女学生也认出了他。他和每个人寒暄的时候，都有一种感觉，大家无一例外地把他看成那只到羊群里伺机作乱的不怀好意的饿狼了。楼管阿姨更直截了当，见面就说："你是不是来找茉莉花呀？她大前天一放假就回家了，不在。"这是在他来渭川的汽车上就有过的一种假设，但他心里似有不甘，在宿舍楼下转悠了许久，终于见到潘丽莺同宿舍的一个学妹，闲聊了几句，证实了楼管阿姨的说法，便悻悻地回招待所去了。

在招待所里，丁一山坐卧不宁，有点失魂落魄，不知道接下来该干什么。他退了房，在街上拦了一辆去潘家寨方向的招手停，摇摇晃晃来到寨子口，又不敢进村，只好沿着山路上了那个土岗子。

冬日里的山树光秃秃的，山风很大，吹得枯草干枝们呜呜乱叫，他浑身感到了寒冷和孤独。寨子里很少有人走动，更看不见潘丽莺或她妹妹出进的身影。

在山头上转悠了半个钟头，太阳已经落山，天黑了，远近的灯火稀稀拉拉地亮起来，他不得不下了岗子离开那里，就近到镇子上找个旅馆过夜。

第二天，他又回到母校，买了些柑橘香蕉之类，打听着找到中文系的杨龙军老师的家里来了。丁一山上学时和杨老师比较接近，能谈得来，并没有因为潘丽莺最后做了丁一山的女朋友而有什么隔阂。

杨老师已经结婚，妻子就是曾经逼杨老师写过保证书的那个女人。在丁一山看来，两个人过得很是和谐美满。杨老师热情地接待了他，几次提到，丁一山是一个很有文采很有前途的学生。很快，他跟杨老师谈到自己当下的处境，表明想去读研究生走出金家集的意思，征求杨老师的意见。

杨老师一直没吭声，连续给他倒了三次水之后，终于给了他明确的指引。杨老师说，你是大专学历，直接报考研究生是可以的，但难度很大。首先是外语，你必须要把本科生考四级的《大学英语》吃透才可以，不然光外语这一道门槛就过不去。其次是专业，你的专业方向是现当代文学还是古代文学，是文学批评还是文字学，是文艺理论还是文学创作。这个在考研之前必须定下来，而且要吃透相当于本科生的科目标准，难度大吧。第三，用一两年时间自学考取全日制大学中文系本科学业证书，这是现在各种研究生招生报名的基本条件。然后就是你要选择学校和导师，选了好学校名导师，竞争太激烈，怕考不上；选了一般的学校和导师，又怕前途不大。说到这里，杨老师似又担心对他压力过大，换了一种口气说："我知道，凭你丁一山的天资和努力，这些都应该不是问题吧。"

听到这里，丁一山把自己的想法直接说了："杨老师，我已经报名参加了今年的本科自考，通过考试应该没什么问题。我担心的是，想选西京师大的霍公木教授的唐宋文学，你看有没有希望？"

杨老师沉思了片刻，告诉他："霍公木教授啊，那可是国内唐宋文学方面最有名的学者，他的研究生可不好考啊，不过，他是咱们渭川人，据说乡梓情怀还很重的。你可以先试着联系一下，不是你自己去联系，是找点关系联系一下。"

丁一山为难了，脸红了一下，叹了口气说："我一个无名的大专学生，井底之蛙罢了，怎么可能有办法联系上霍教授呢？"

杨老师看他又叹气又摇头，动了恻隐之心，说："你给我留下你的通信地址，我想办法，如果联系上了霍公木教授就通知你。你考得上考不上，都算我尽力了，怎么样？"丁一山一听这话，大喜过望，当下千恩万谢，恩师长恩师短地感谢杨老师，然后愉快地离开了。

见了一次杨老师，丁一山对走出金家集的信心似乎更足了些。就这样，他在渭川市逛了一天的书店，买了几本专业和外语方面的书，钱也花得差不多了，内心里半是失落半是自信，就只好回到金家集学校，回到他的炭窑里来。剩下的假期，他一直蜗居在宿舍里。

开学没几天，老书记敲开了他的门。丁一山闪身出门，一手撑着门板一手往里让人，恭恭敬敬地。可老书记只站在门口，探身往里边瞅瞅，眼光在书桌上床铺上扫过来扫过去，并没有要进门的意思，之后用缓慢的半命令的语气说："嗯，小丁老师，嗯，好，好。这样，你抽个时间，到我办公室来一下，啊？我们谈谈，随便谈谈。"说完，转身走了。

丁一山在老书记身后说："王书记，我明天下午没课，找您行吗？"

王书记回过头肯定地说："行啊，好，好。"

"我们谈谈"？"我们"会谈些什么？教学反思，还是班主任工作心得？书记啊，你是要我写入党申请书，还是要我汇报个人发展规划？听说王书记对青年教师的各方各面都很关心，丁一山一时真拿不准"我们"可能谈到什么话题。

领导找你谈话，在任何一个单位里，都是比较私密的，不好随便跟什么人商量或者预演，因此在踏进王书记的办公室之前的这一段时间，丁一山把自己更加严密无缝地关在炭窑里，用一个个能想出来的残酷的问题煎熬着自己。

那天下午一到上班时间，丁一山准时出现在王书记的办公室门口。门是开着的，他在门外轻咳一声，王书记的声音就隔着门帘传出来：“小丁老师吗？进来吧！”

丁一山轻手轻脚进去了，看见王书记正在读报纸，一边欠着身一边对他笑了笑，然后示意他在对面一把椅子上坐。

王书记的办公室很干净，布置也很简单，一桌、二椅、一橱、两架报纸，案头几本书、一摞杂志。

丁一山略有局促，王书记便站起了身，指着那空椅子再次示意他坐，然后弯腰提起暖水瓶，走过来给他倒水。丁一山看见，自己座位的面前，早有一只白瓷水杯放着。这是一只和他在石校长那里看到的一模一样的白瓷缸子，只是没有茶渍水垢，很干净。看见书记要给自己倒水，他便立马起身，从书记手里接过暖瓶，先给书记的保温杯里添水，再给自己倒了半杯。看书记重新落座，他才再次坐下，两手平放在膝盖上，端正面对着老书记，摆出一副恭敬聆听的正确姿势。

老书记开始说话了。

丁一山看着老书记那满头的银发，端详着老书记的脸上那因为不少牙齿的脱落缺失而导致一说话就深陷下去的两腮，和那因为想把每个字句吐清楚才需要时不时紧抿以至于沟壑深皱的双唇，在心里揣度着面前这位老人，还不满六十岁的退休年龄，一个人何以会如此苍老呢？他不由得在心里对这位老人肃然起敬了。他想尽力把每一句话听明白听清楚，始终没有插一句话。

老书记说，小丁老师啊，你分到咱们学校也半年多了吧，工作还习惯吗？生活上还顺利吗？好好努力啊，再过几个月，你一年的试用期马上就要结束了。咱们这里条件本来就艰苦，你怎么不住在平房宿舍里，坚持搬到那个炭窑里去住了？听说你喜欢安静，喜欢看书，为了读书假期里都没有回家，有这事吧？读书好啊，喜欢读书就能够上进，你都读些啥书呀？多读些专业方面的，多读些教育教学方面的，对自己的提高上进有好处。

"嗯，小丁老师啊，先给你看看这个。"

老书记说着，拉开抽屉，从里边拿出两个沉甸甸的大号牛皮纸信封，摆到桌面上，然后把信封里的东西一件件验看之后交到丁一山手上。

"这个，是我的初中毕业证书。那时候，我就响应号召离开家乡靖远县，到咱们县来当教师了。

"这是 20 世纪五十年代我参加全县的优秀中小学教师表彰大会时的照片。

"这些是我三十年间在各公社创办八所农村小学的事迹材料。

"这个是我前年获得全省教育卫生战线先进工作者称号的荣誉证书。

"这是我在《西部教育》杂志上发表的一篇论文。《西部教育》后来因故停刊，现在又复刊了，是除了《中国教育》外最有影响的教育杂志之一。这篇论文后来获得了全国农村基础教育优秀成果奖。

"这是我去年参加全国教育模范表彰大会时的代表证和获奖证书。

"嗯，还有这个，是我去年被县教育局聘为教育督查督导员的证书。"

丁一山在老书记这一项项金光闪闪的荣誉和成就面前，顿觉自己渺小得就像一个刚进学堂的小学生，内心泛起了一阵阵震惊。那种感觉，不亚于小时候第一次看电影，生怕银幕上活动的人物一不小心跌出幕布摔得粉碎，甚至恐惧于那银幕上喷射的子弹一颗颗都是穿过自己胸腔的。

他一一观看着这些浸满了老书记一个教育家一生心血的宝物，聆听它们背后那些灿烂灼目的历史，大张着嘴巴，起初还有一声声的惊叹，到后来他感到连呼吸都有些困难了，似乎要窒息了，因为他听见老书记又把话题转到他身上来了。

"小丁啊，你是咱学校第一个正牌的大专毕业生，起点高啊，水平自然也高。其他老师，大多是由民办转成了公办的，也有上过师范的，上过教育学院进过修的，可是没有人可以和你比呀。

"小丁啊，我们学校的干部后备人选不多啊。我希望你一定要稳定专业思想，好好努力，除了教好学生上好课，还要有扎根农村扎根基层，为基层教育献身的思想准备啊。和你一起住过的张树东老师就很上进，学校正在准备提拔他当理科教研组的组长呢。

"如果你表现突出进步快的话，我作为党支部书记，第一个站出来做你的入党介绍人，推荐你来担任咱们学校文科教研组的组长。

"当然，咱们学校也有支援更偏远的乡村学校的义务，不少老师就曾经被借调去支教，短则一年半载，长的就不好说了。"

说到后面一层意思时，老书记有意顿了又顿，仿佛在下什么决心似的。

到后来，丁一山听得昏昏沉沉迷迷糊糊了，他连自己是怎么被老书记送出门来的都不清楚了，直到他回到炭窑里，才发现手上多了一本破旧的《西部教育》杂志，是1965年的。他翻开杂志，一眼就看到了署着老书记名字的那篇文章《论农村小学数学教学中"数的认识"问题》。他回想了半天，才复原了老书记的吩咐："你看看这篇文章，也帮我提提意见，还有，看完了一定还回来，我只有这一本。"

这次谈话，丁一山用了两三天时间反复咀摸品味，最后确认，自己原有的那个考研走出金家集的打算，终于给自己引来了麻烦，而且还不是小麻烦。不仅如此，在金家集这样

的僻壤乡间，王书记那样的成绩和荣誉，已是算得上"有了够得着天、摘得了月、擒得了龙的法力"了，他丁一山能有几分胆力与之相拗呢。

丁一山在这个时候，彻底地理解了别人说的"夹着尾巴做人"是什么境况了。

果然，在时隔不久的一次政治学习会上，石校长读了一篇省报上的社论，文章里边提到，全党动员，全社会齐心协力，办好基层教育，为实现四化大业打下坚实的基础。接下来老书记讲话，借题发挥说，青年教师是我们学校的未来，加强对青年教师的师德师风专业思想教育刻不容缓，因为有些年轻老师专业思想不稳定，不甘心长期从事农村教育，如何如何。在丁一山听来，老书记的每一句话都成了射向他摇摇欲坠的身体、穿过他瑟瑟颤抖的心脏的子弹。

从那以后，丁一山连在夜里开灯读书的勇气都快没有了。因为他清楚，老书记的家，就在离他的炭窑不远的一排平房里，中间只隔着一间会议室兼灶房。还有，每天晚自习之后，学生宿舍熄了灯，老书记总会到校园的各个角落巡视一番，从不例外。

但是，丁一山并没有就此放弃考研的打算。为了安全起见，他用三层旧报纸把炭窑的小窗子糊了个严实，晚上开台灯看书，外人很难看见灯光了。

即使这样，丁一山还是从他所带的学生那里听到传言，说离金家集二十里外的一所村办小学，只有三个年级十几个学生，唯一的民办教师是个女的，快要生孩子了，向金家集学校求援，学校准备让丁一山去那里支教一年呢。他听到这个消息，只觉得天旋地转、暗无天日，无处藏身了。

好在这个消息最后被袁丹凤反证了。那天是个周末，袁丹凤没有回县城的家，却跑来喊丁一山一块去镇上吃饭，一副很高兴的样子。

丁一山问她听没听说那个村学校向咱们学校要人的事。袁丹凤说知道啊，正为这事高兴着呢。

他就问她到底咋回事儿，袁丹凤说，那个村学校的女老师的产假是真的，跟石校长求援也是真的，但石校长答应要派去的人不是丁一山，而是袁丹凤，原因是袁丹凤是个师范生，唱歌跳舞画画才是她的专长，适合教小学生。石校长找袁丹凤谈过两次话，她都没有答应，理由是她一个单身女老师，去那样陌生又艰苦的地方，路又远，不能来回跑，住在那里没法适应，困难重重。今天听石校长说，她不用去了，那个村子里正好有个高考落榜的青年，愿意临时顶上去代课，问题解决了。袁丹凤请丁一山吃饭，就是为这事高兴来的。丁一山听了，心里比袁丹凤还高兴，就提出自己请客，两个人还喝了点啤酒以示祝贺。

想想也是，不要说袁丹凤这样一个姑娘家，就是自己这样一个在山沟沟里土生土长的小伙子，如果真被孤单地安置在深山里那样一所学校，自己还不知道怎么能熬得过去呢。

丁一山试探着问袁丹凤："小袁老师，你家在县城，人又年轻漂亮，当初咋就不想想办法留在县城或离家近一点的县城周边的学校呢？"

袁丹凤一时有点吃惊，说，丁一山你咋会这样问呢？你和我还不是一样的处境？谁能有那种扼住命运咽喉的神力呢？我如果有办法留县城，还会到这里来吗？

她低头搓着手里的两根筷子，又扭头看看外面，叹口气说："这有什么嘛，我们都得服从组织分配不是？再说啦，你一个大专生都没有机会留县城，我这样的中师生还不是哪里需要哪里去吗？"

丁一山想起唐诚说过，自己本来是被分配在会师初中的，被人硬生生对调了，心里颇生一股怨气出来。他盯着袁丹凤忧黯迷离的眼睛说："小袁老师，别太灰心，只要你想回城，总有办法。你还记得我的那个同学唐诚吗？他就是凭着家里人的关系和努力，不仅留到了县城，还进了高中呢。"

袁丹凤微微一笑说："当然记得啊。你那同学人还不错，运气更比咱们好吧。"

其实，袁丹凤心底的想法是，要说托人找关系，她也是可以留县城的，只是那样的话她不甘心而已。县农机厂的一个副厂长和她家熟悉，曾经托人找到她的母亲说，如果袁丹凤愿意和他家儿子谈恋爱搞对象，这个副厂长保证能把她留在县城的学校或政府机关里。可是谁都知道，副厂长的儿子不务正业，大家都喊他"三厅长"，整天在歌舞厅录像厅台球厅里混，三十岁出头了还没有工作也没有找到女朋友呢。一想到这个"三厅长"还两次亲自出马把她堵在巷子里纠缠的情景，袁丹凤的心里就是一种莫名的别扭。

袁丹凤说："小丁老师，你坚持独居炭窑的事，其实大家都是一致的看法，说你要去考研究生凭实力改变命运，是不是这样？不要不承认啊。"

丁一山苦笑一下，对此不置可否，缓缓地举起酒杯，伸到她的面前和她碰杯，似有话说，又什么也没说，扬脖一口气把酒喝完了。

她把剩下的酒都倒给丁一山，再次碰杯，说："祝你好运！"

即使这样，丁一山还是咬紧牙关，小心翼翼，像一只躲在黑暗里的地老鼠那样，在那炭窑里坚持待了两年多才离开了金家集。

就在丁一山拿到西京师大研究生录取通知书不到一星期，他还没走出金家集的时候，县教育局给学校发来一纸公函：丁一山工作调动，前往金家集阳屲村小学任教。好在这个文件放在石校长那里一直没有公布，只有王书记曾经两次专门来催要过。

王书记对石校长说的原话是："一个有作为有志向的青年，就应该先苦其心志劳其筋骨，接受一下真正的锻炼。"

05

　　纵情任性的事，于生性讷懦的丁一山来说，一般是做不出来的。可是，当他接到西京师大中文系霍公木教授硕士研究生的录取通知书的那个夏天，他还是任性了一回，多少有点放纵自己。

　　快放暑假那几天，总有人来敲丁一山炭窑的门，接连不断。来人要么是学校里熟悉或不熟悉的老师，要么是他的学生。大家知道丁一山就要离开这里，远走高飞了，各自准备几句热情洋溢鼓励的话，算是告别，为丁一山送行。每个人都不会空手来，有送几个鸡蛋的，有送毛巾鞋帽的，更多的则是几个学生，托人从县城的百货商店买来一个塑料皮的笔记本，用红绸带子束着，拿出来很是漂亮大气，也十分精美。这一年，丁一山走的时候，光收到的笔记本就装了满满一个纸箱子。那些本子，丁一山用了好多年也没有用完。

学校里有个教体育的赵生发老师，比丁一山年长几岁，为人宽厚热情，丁一山每有事情总喜欢去找他商量。现在，丁一山对大家的这份情谊非常感动，总觉得说几声谢谢的客气话过于干瘪苍白，但他一时间不知道该怎么做才好，于是他自然而然地来找赵老师了。

赵老师听了丁一山的来意，哈哈笑着说，这还不好办？你到金师傅店里订一份东坡肘子、要几样菜，请大家吃一顿不就行了？丁一山想，好是好，可那一桌子少说也要花七八十呢，自己要去西京城里读书，正是花钱的时候。丁一山对赵生发说："那样是不是太张扬了？另外，别人不说是我请客答谢大家，要是反过来说我请客吃饭是向大家收礼怎么办？"赵老师也明白丁一山的顾虑，想了想说，那就这样吧，你随便买点蔬菜猪肉，花不了几个钱，交给学校食堂，让蒲师傅弄几个菜，把大家招呼一下就行了。蒲师傅那边我去说，不用你这个书生去求人。丁一山觉得这样挺好，几个意思都兼有了，就答应了——那就按赵老师的想法办。

晚上，丁一山正在灯下筹划着开列一份明天要准备的肉菜单子，赵生发在门外急急地喊他出来。丁一山出得门来，就被赵老师拽了袖子扯着走。

赵生发把他一直带到距离校门不远的一间教室，门口站着两个手持木棒的男生。赵生发指着教室说，我们抓住了一条天天祸害教室乱翻学生课桌的野狗，打得半死了。丁一山也似乎听到教室里传出呜呜的狗叫声，可这件事跟他也没关系啊。他说："对，打一顿让它长记性啊，不然它会天天来。"

赵生发看了看两个学生，把丁一山拉到旁边比画着说："你看这狗，身架这么大，不像一般野狗那么瘦，我是说，杀了它我们做狗肉吃。"

丁一山愣住了，自己长这么大，只听说过有人杀狗吃肉的事，自己可从来没碰到过，更没有吃过狗肉。况且，即使是一条野狗，也不能害了它的命，那是伤天害理的事。他很坚决地对着赵生发摇头，说："算了吧，不忍心呢。"

赵生发看他的眼神里有一些恐惧和难堪，便叹口气说："真是个书生！回你的屋待着去吧。"

丁一山再次摇摇头，回到他的炭窑里。他怕赵生发他们还去打狗的主意，却又没法阻拦，只好关了门睡觉。

半夜时分，赵生发又来敲门了。丁一山开了门，赵生发进来，顺手从身后关了门，坐下来，一脸兴奋地讲："好了，明天我就让食堂蒲师傅给咱们炖一锅狗肉，再弄几个菜，把老师们叫齐了聚一聚，算是为我们的研究生办一个欢送宴，咋样？"

看着赵生发脸上那掩饰不住邀功显业的神色，丁一山一时真不知该说什么好了。他已经猜出那条狗的下场如何了，一脸惊恐地问道："赵老师，你真把狗给杀了？"

"杀了。为了兄弟的事，杀条狗算啥？"

"那，要是有人找到学校来闹事，可咋办？"

"闹事？金家集上的人谁不知道这是条野狗？叼东家的鸡娃、扒西家的锅灶，早都是大害了。我这是为民除害，谁还会来闹事？"

"那可不好说，防人之心不可无啊。不过，还得感谢老兄一片美意。"丁一山一高兴，竟然给这位体育老师卖弄起文词儿来了。说完，他自己都觉得好笑。

赵生发站起身，拍拍丁一山肩膀说："早点睡吧，明天张罗狗肉宴的事我来，请老师们的事可是你的。"说着出门去了。

第二天上午，全校各班学生到校，安排完作业和假期生活，就放假了。中午，丁一山挨家挨户去通知那些在校的老师，晚饭在食堂聚餐，吃狗肉宴。大家都乐呵呵地答应他一定来。

他还特意去请了张树东，张树东说不好意思吧，丁一山就笑着对张树东说，君子记恩小人记仇，张树东只好答应下来。

只有石校长不在办公室，没有请到。丁一山请到王书记的时候，老书记说，心意领了，聚餐就不参加了，牙齿不好。

下午，丁一山按照蒲师傅的吩咐忙着拣菜洗菜，赵生发帮蒲师傅剁肉洗肉，寻找炖肉的各种佐料，也是进进出出忙得不亦乐乎。

就在他们把狗肉炖到锅里刚刚飘出肉香的时候，院子里冷不丁响起一声吼："谁把我家的狗杀了啊？是那个研究生杀

了我的狗吃肉吗？"

几个人被吓了一跳，循声看去，是街上开饭馆子的金师傅金大牙，正气势汹汹地朝食堂这边奔来，嘴里骂骂咧咧。

丁一山听见研究生几个字，知道是冲他来的，一时间慌了神，感觉大祸临头了。不用猜，这肯定是那个张树东特意给金师傅放的风，除了他，吃狗肉宴的事连学校的门都出不去。

他不由自主，端着洗菜的竹筛子钻进灶间里去了。蒲师傅一边把他往身后挡，一边说，别急别急没事的。

他和蒲师傅从灶间窗口望出去，看见赵生发甩着两只湿手跑过去，把金大牙挡在不远处的水泥乒乓球台子边了。

金大牙不听赵老师解释，指着食堂这边大声说："我都闻到狗肉香气了，还说没有？"

赵老师又一阵比画解释，还是只能听见金大牙的声音："什么野狗？那明明就是我家的狗嘛。那狗的脖子上有一圈黑毛不是？我家那狗可听话了，每天到我饭馆来看门，晚上回到家里去看门的，两边从不耽误。谁说是野狗了？你把狗皮拿来我看看，一定是我家的狗！去，别啰唆，拿狗皮来辨认，那是证据！"

赵老师无奈，带着金大牙到了操场边上一棵柳树底下，从树杈上取下那张狗皮。金师傅一把扯过狗皮，提着，又直冲灶房这边来了。赵生发从后面赶上来，两个人又是一番理论。

金大牙高声说："什么？杀了我的狗，还要吃我的狗肉？那是我家的狗肉！我还没让你赔我家狗的命呢！不行，我要拿走狗肉！"

赵生发只好再次妥协，低声下气的样子，给金大牙赔不是，最后从裤兜里摸出十几块钱算作赔偿塞到金大牙的手里。

丁一山看见，金大牙似乎不再咋呼了，可赵老师却疾步向灶房这边跑过来了。

赵老师一进门就说："蒲师傅，赶紧地，把那个交给他吧。"

蒲师傅一脸懵懂地问："你说啥？哪个？"

赵老师结结巴巴地说："就，就那个，那个，就那根狗鞭！"

蒲师傅明白过来，极不情愿地从橱窗里拿出一个旧报纸的包裹，交给赵老师，说："讹人就讹人，连个狗鞭也不放过！"

赵老师拿着狗鞭交给金大牙，看见金大牙嘴上还是狠声恶气，却分明已有了大获全胜的得意模样，一手狗皮一手狗鞭，甩着两只膀子，大摇大摆地走了。

丁一山问赵老师赔了多少钱，由自己来垫付。赵老师嘿嘿一笑，说："钱什么钱？你没看他就是冲着狗皮和狗鞭来的吗？那条野狗，根本就不是他金大牙家的，也不知道是谁在里边捣鬼搞破事儿。"

蒲师傅在旁边说，我听人家说这个金大牙看见什么飞的跑的都谋算着捉来宰了卖肉呢。有个乡干部跟他开玩笑说，金师傅啥时候逮了这野狗吃肉，一定别忘了告诉他一声。只是这野狗太过机灵，还没落在他的手里，这才找咱们闹事嘛。

丁一山只能对赵老师说声对不起。

赵老师说："狗是我杀的，你没什么对不起我。"又对蒲师傅说，"最对不起的还是蒲师傅，又帮我们操持，又损失了一根狗鞭，回家去不好跟掌柜的交差啊。"

蒲师傅的脸红了一下，说没事没事。

有了金大牙这一出，聚餐时的气氛一直很沉闷。大家先围着几碟子红绿素菜喝闷酒，很少有人说话。酒是用塑料桶打来的散酒，酒劲儿大，几口下去就有了醉意。大家一个劲儿地催促蒲师傅快上狗肉，馋得不行了。就在这时，听见石校长的声音从门外传来："真是的！吃狗肉宴也不叫上我，这个丁一山！"

丁一山赶紧站起来迎向门口："校长大人，可不敢冤枉小民，我去请你两趟，你都不在啊。"

大家一听丁一山的话里已有了酒意，纷纷附和："就是就是，请你去了，校长。"

石校长看桌子上没有狗肉，知道宴席刚开始，故意高声说："还说冤枉？人都没到齐，肉就吃完了，这不是有意瞒着人的事吗？"

只听蒲师傅吆喝道："狗肉上席了——"

石校长赶紧在丁一山旁边坐下，抄起一双筷子，做了个抢食的动作，对大家说："来得早不如来得巧，咋样？开吃吧。"

大家一声声的"开吃开吃"，每个人的碗里已有了一大块滴油喷香的狗肉。蒲师傅做狗肉真有一手，先炖烂，再净汤，然后油锅里爆炒一下，色香味儿都是上乘。大家专心一意对付眼前的美味，一个个吃得噘嘴鼓腮带劲儿。有人把蒲师傅拉过来一起吃，打趣说，蒲师傅这个做狗肉的手艺真绝啊。那金大牙号称金家集红案子王,蒲师傅是不是偷学过金大牙的手艺啊,哈哈哈。蒲师傅乜斜一眼门外头，说，哼，就他，还用我偷着学吗？等你小子娶媳妇了，备好山珍海味，我肯定给你弄成满汉全席，不是吹的，哈哈哈。大家笑闹着要吃满汉全席，也不忘眼前的狗肉美味。

石校长端起面前的酒杯，说："别光顾吃，来，干一个啊，为我们的研究生丁老师的远大前程干杯！"看校长站了起来，大家纷纷站起来举酒，说着热烈真诚的话语，一一和校长碰杯，再和丁一山碰杯，之后仰脖饮酒，继续朵颐狗肉。

石校长说："用这样一个狗肉宴欢送丁老师，就地取材又别有新意，这个主意真好。这是谁出的主意？"

张树东刚被宣布了理科组组长，便自告奋勇地说："是赵老师的主意。而且，连狗都是赵老师杀的呢。"

学校老师杀狗吃肉，这话咋听上去有点告密的意思。所以丁一山借着酒气呛了一句："张树东你啥意思？明人不做暗事，狗是我杀的啊。"

张树东赶忙说："兄弟兄弟，不是那意思，别误会啊。"他说着转向石校长，阴阳怪气地说："校长，我是说，咱们当老师的，教书育人为本，为人师表至上吧。你说这条野狗呢，就连那金大牙都只是打着主意却下不去手，咱们的赵老师为了给丁老师送行，话还没出口呢，狗头就落地了。豪杰做派啊，真佩服赵老师，是不是？"

石校长等他说完，招呼大家喝酒吃肉，放低声说："小张啊，据我所知呢，赵老师这叫为民除害，和为人师表没有半点关系啊，没有关系。"

赵老师有点不好意思了，实话实说："校长是这样，几个学生把狗堵在教室里打了个半死，我就是杀了个死狗。"

大家听到"死狗"一说，哈哈哈大笑起来。在本地话语中，死狗就是流氓无赖的代名词，于是就有了狗肉上不了席面一说。

石校长看大家吃得高兴，把酒杯在桌子上蹾了两下，说："据我所知，这个敢杀狗的人都了不起啊。那个汉高祖手下有个樊哙，忠厚义气得很，他在汉高祖起事之前，就一直是个屠夫，专干杀狗卖狗肉的营生。汉高祖很看重他的为人，起事反秦的时候，所用的第一个亲信就是樊哙。打下江山以后，汉高祖几乎把手下功臣呢都杀掉了，包括韩信这样的，只有樊哙，凭着他的忠信义气而得以善终。可那个善读兵书的韩信却因功劳太高，以谋反罪而被杀了，说到底还是这韩信肚子里的信义少了些。好，我们一起给赵老师敬个酒咋样？"

"好！"大家一起站起来向赵生发敬酒。

赵生发一时被这意外的抬举震住了，面红耳赤，连声说着谢谢，一口酒下去，喝得有点猛，咳嗽起来，眼泪都快出来了，半天才摆了摆手，说："各位，今天是丁老师招呼大家，不是我。还是让，让丁老师讲几句吧。"

这时候肉也快吃完了，大家就等丁一山讲两句了。丁一山平时不怎么喝酒的，这几杯酒下去，已经感觉目光飘摇人影虚幻了起来。他听石校长讲樊哙，就想起了赵生发平常对人真够仗义，再联系那个专程跑来讹人的金师傅就是张树东的准丈人，来诬赖自己。于是他一时兴起，端着杯子对大家晃了一圈，说："今天校长能赏光，大家都给面子，我高兴，喝得有点多，这里敬大家了，干一杯！"

大家说高兴高兴，喝了酒。

丁一山说："大家接着吃，接着喝。我呢，接着，接着石校长的话头，给大家讲个杀狗的故事，怎么样？"

大家都说好。

于是，丁一山带着酒意，也不顾什么，信口就讲了起来。

他讲的是一个秀才和屠夫的故事。明朝，有一个刚正不阿一身正气的官员叫曹学佺，被任命到广西地方任职。广西桂林是个好地方，可是有不少的皇室宗亲住在那里，这些人骄横霸道横行地方，整天无所事事，就喜欢豢养斗犬以供朝廷赌博娱乐。皇亲的家奴们也仗着主子的威风骄横跋扈为所欲为，不仅欺压百姓，也不把地方官府放在眼里。他们经常牵着主子的斗犬上街，随意让恶狗撕咬路人，以此取乐。曹学佺对此恶行早有耳闻，到了地方一看果不其然，他决心要好好惩治一下这些恶奴。有一天他接了一桩案子，告状的却是皇亲的奴才。原来，这些恶奴闲得无聊，又放出恶犬撕咬路人取乐。有一个秀才奔跑不及，被恶犬扑倒，当街撕咬，眼看就要命丧犬口。人群中冲出一个屠夫，手起刀落，剁下那恶犬的头，救下了这个秀才。恶奴们一看，主子的爱犬被人当街杀了，这还得了？于是仗着人多，一拥而上，把屠夫绑了，连同死狗一起交到官府来了，并声称，如果不判屠夫死罪给斗犬赔命誓不罢休。哪知这曹学佺并非畏惧皇权之辈，详审案件之后，竟判了屠夫无罪，还要恶奴们赔偿秀才的医药费。恶奴们当然不会认账，私底下买通那个被救的秀才改了口供。案子重审过堂，对证的时候，秀才说自己和斗犬熟识，是相好，是朋友，当时正在街上玩闹嬉戏，谁知屠夫无事生非杀了皇亲的斗犬，应该让屠夫给斗犬偿命。曹学佺听完秀才的证言，勃然大怒拍案而起，骂道："好你个读书识理的秀才！人证物证俱在，你却要恩将仇报！况且那屠夫救你性命，你不思回报，还要置他于死地！与狗相好，认畜生为友，真正伤天害理啊！天容你我不容你！"一声令下，当庭杖打秀才。那秀才挨不过板子，只好承认，是皇亲的奴才们如何用重金和恐吓逼迫他改了口供的。案件真相大白，曹学佺当堂愤然写下两句话送给那秀才："仗义每从屠狗辈，负心多是读书人！"

讲到这里，丁一山站起来，当着众人，举着酒杯，对赵生发说："赵老师赵老兄，仗义啊，谢谢啦！"说着将杯中酒

一饮而尽。喝完酒，丁一山就瘫坐下去，一头倒在桌子上，醉
过去了。

第二章

06

守得住，是一个人立于世行于时不可或缺的自我管束。这个"守得住"，在初出茅庐放眼未来的丁一山看来，无非是要把握好四个"里"：保障口里的，摆正头里的，管住心里的，用对手里的。任何时候，人不能贪多，不能昏头，不能迷色，不能错用，才算得上能守正。

刚刚走出金家集的丁一山，温饱无虞，头脑清醒，手中无钱无权，他第一个想到的，是守信践诺，赶往渭川市，见一见他朝思暮想的潘丽莺，赴那三年之约。

长途大巴到达渭川市的时候，暮色已经下来了。丁一山换了两次小面包车，一路打听着来到离市区十多公里的一个叫桃花峪的地方，潘丽莺就在这里的桃园初中任教。

桃花峪坐落在耤水的上游，三面环山，是一条山谷地带，七八里纵深。同行的人告诉丁一山，桃花峪有三个比较大的村落，分别是桃林上庄、桃林下庄和峪口子，学校就在峪口子，是山下一个最为开阔平整的去处。

暮色里，山上山下田头路边的桃树高高低低郁郁葱葱，有人还在那些晚熟的桃树上忙碌着活计。丁一山找到学校门口打问潘丽莺，一个五六十岁的看门老汉说学校放假了，老师们都回家去了，潘老师好像也不在宿舍，刚才还有人找她呢。还是你自己去找找看吧。

丁一山按照老汉的指示，绕到几排教室的后面，看见一个小操场边上有一溜教师宿舍，其中两间宿舍里亮着灯光。他在第一间的门外站了片刻，听见屋里传出大人训斥小孩子的声音，似乎是小孩子弄坏了什么东西，那斥责声也不可能是潘丽莺的，就赶紧离开了。在第二间门口，听见一个男人的声音说，教师转干这样的机会不多，你好好想想，想好了赶紧给我说，我抓紧去办，机会真的不多。丁一山正要离开，就听见潘丽莺的声音说，你让我再想想吧，天晚了，我就不留你了。

这时门开了，丁一山闪身躲在黑暗里。潘丽莺送走了那人，转回来，看见丁一山站在门口，吃惊不小，一手掩了脸，一手指着他问："你，你是准？丁一山吗？"

丁一山放下手中的帆布提包，上前一步说："丽莺，就是我。"

潘丽莺不敢相信自己那个日思夜想的，甚至可以说已经想得没了指望的人，说来就来，从天而降一般，突然站在了自己面前。这是自己三年来时刻设想着的甚至到后来都不敢想了的事情，怎么就成了现实？这也太出乎意料了。

两个人正在忘情之际，潘丽莺抹了一把脸，伏在丁一山的肩头，嘤嘤呜呜地哭了起来。这把丁一山给唬着了，他赶紧捧起她的脸来，盯着她问："丽莺，你咋啦？你哭啥？"潘丽莺也不说话，只是哭，哭声似乎越发响了，眼泪在脸上成了两条小溪。丁一山怀疑是不是刚才送走的那个人欺负了她，便一面拍着她的肩头一面再要问她有啥烦恼之事。她摇着头，还是哭，看她脸上，却分明有些许笑意。他的心底莫名地涌上一股难言的悸痛，便把她更紧地拥到怀里。

潘丽莺把头顶在他的胸上撞着，两只肉锤似的拳头在他的背上打鼓一样乱敲，似哭非哭似笑非笑又哭又笑，整个人儿完全瘫在丁一山怀里。

过了一阵子，她慢慢止住了哭笑，在丁一山的鼻子上一拧，说："我还以为你早都把我给忘了呢。"

丁一山说："我就是把自己忘了也不能把你给忘了啊。这不，我一放假就赶着来找你了。"

潘丽莺猛然想起什么，问他："你刚到，还没吃饭吧？"

丁一山说自己一到渭川天就黑了，一路上过来，在没找到他的丽莺之前还没顾得上他的肠胃，没觉得饿。

她站起身来，从脸盆架子上取过来毛巾，用热水蘸了再

拧干，塞到丁一山手里，让他擦脸，拢了一下自己的头发，说："镇子上有饭馆，带你去吃饭，晚了饭馆就关门了，有什么话路上说。"

两人一出门，就不再牵手并肩，而是默默地走在夜色沉沉的校园里。

他们在镇上找了三四家饭馆子，都已经关门，没办法，就从一家百货铺子里买了两袋方便面两根火腿肠凑合一下。

这时候的桃花峪镇已经十分安静昏黑了，一副睡意弥漫模糊困倦模样。潘丽莺指着不远处山脚下一个比别处灯火明亮的方向说，那里是镇上的温泉旅社，干净也便宜，你今晚就住在旅社里吧，还能洗个温泉澡呢。说话的时候，丁一山看见，潘丽莺不经意间捂了捂鼻子，嘴角一撇，诡秘地笑了一笑。他这才意识到自己好久不曾洗澡，女人对汗臭气味的反应向来很敏锐，心里略有一丝难堪，却故作欣喜地说："好得很，我正想找个地方洗个澡呢。"

潘丽莺认识旅社里的人，老板叫她潘老师，看来她很熟悉这个镇子。她说是来了一个大学同学，很快就办完了住宿手续，顺便借了人家的碗筷暖水瓶来给丁一山泡面吃。

房间里名副其实的干净整洁，摆着两张床，可只有丁一山一个人住。灯光很亮，给人的感觉是连床单都白净得有点晃眼。这时候，他难免心生某种欲望和冲动，眼睛里肯定是有了火光乱窜，便一把揽在潘丽莺的腰再次拥她入怀。潘丽莺似娇似嗔，努一努嘴，推开他，麻利地泡好了面，吩咐他吃完饭去洗个温泉澡，好好休息，明天的早饭到她宿舍来吃。说完，凑过来在他脸上啄了一下，就快步出门，消失在黑暗里了。等他追出门来，只听见远去的脚步声，却不见了人影。

渭川市地处秦岭山脉西北麓，有很多优质的温泉地热资源，可丁一山还是生来第一次洗温泉呢。旅社里有男女两个汤池，各是一间大房子，引来温泉水注进池子里，又从另一头流出去。因为是小镇，几乎没有什么人远道专门来洗温泉，洗澡的大都是住店的客人和镇上的居民，所以那水流进池子是干净的，流出去照样是干净的。旅社老板嫌浪费，给只洗澡不住店的收五块，住店的只补收三块。

丁一山匆匆吃完泡面，换了一双塑料拖鞋，在柜台上补交了三块钱，由服务员带到男池子里来。池子里只有两个人在泡澡，还有一个搞卫生兼给客人搓澡的清洁工正在拖地。当他浑身放松浸泡在这一池清漾漾暖烘烘的热水里的时候，一股从未体验过的难以言说的舒坦劲儿瞬间就钻进他身体的每一个毛孔，渗透到他每一根神经里去了。随着蒸腾的热气裹住了他的头脸和视线，很快就有倦意袭来，他便轻轻地闭上了双眼。不知什么时候，他被那个清洁工大声喊醒，发现池子里就他一个人了，人家催他洗完走人，澡堂要关门了。

到这时候，丁一山才发现那个清洁工是个女人。那女人在丁一山要出门时喊了一声："丁老师，你是丁老师吧。"丁一山停在原地，脑子里在想，这个女人是谁？怎么知道我姓丁呢？

柜台后面的老板走过来问那女人："金家巧，他是谁？你们认识吗？"

丁一山这才想起，几年前从金家集出走过一个女子金家巧，就是不知道她会在这里。为消除老板的疑心，丁一山赶紧说，老板，我们认识，她是我以前的一个学生。

旅店里已经没有人了，于是，丁一山和金家巧在澡堂子门口的凳子上坐下来说话，老板交代了几句就回去休息了。

丁一山最想知道的是金家巧咋就跑出来不回家没音讯了呢？再说这澡堂子是男人的天下，你一个姑娘家能干什么？给他们搓澡吗？金家巧说，自己管里外的卫生打扫，顶多给老板指定的人搓搓脚。

丁一山激将她："你不知道你爹在满世界找你吗？甚至还怀疑我把你藏在炭窑里了怎么怎么了呢。你这不是害我吗？"

金家巧咬着嘴唇，半天才开口说："丁老师，你说的其实我都知道，都是那个张树东坏，害你害我。"

丁一山不插嘴，静静地听她说。

"我知道张树东想把你赶出宿舍，就留我在宿舍里臊你。谁知道他后来真上了手，半夜不让我回家，留在宿舍过夜。后来我就怀了孩子，他又不想负责，说，你跟丁老师也熟，就说是丁老师引诱你了。只要咬死了这样说，把丁老师从金家集初中赶走，我张树东就娶你做老婆。可是谁知道那是条蛇，伤人都不带吭气的。我听说你被我爹他们围堵着搜屋子的事情，就已经看明白张树东的手段了。好在我那时候已经跑出来了，我爹也不知道我去哪里了，闹腾两天便忘了似的，只做他的肉馅子生意。"

丁一山急了，直截了当地说："那你也不该在澡堂子里干这个呀，不臊脸吗？这事只有男人才能干的，你不知道啊？"

"我知道的，丁老师。"就这一句，金家巧已经伤心得抽泣起来，"可是我能怎么办呢？"

丁一山不由得难堪起来，觉得眼角热了湿了，也不知怎么说怎么做才合适了。

金家巧在脸上乱抹了一通，不哭了，接着说："我在县城一个亲戚的帮助下做掉了肚子，家里回不去，镇子上也不能待。索性，我搭上长途汽车，出来了。我知道名声是女人一辈子的事情，我的名声已经不好了,我要彻底离开金家集,离开祖厉县，就算冻死饿死在外头，也不能回到那个叫天天不应叫地地不灵的地方去了。后来我在好心人帮忙安顿下，在这桃园旅社落了脚。丁老师你放心，这里的老板人很好，不让我在干活儿时难堪的。我的工资给最高的，每个月能挣七八十块呢，和一个公家人的工资差不多了。现在，反正我不会回家去，这里也没人认识我，还有钱挣，我想先把自个儿安顿下来。过几年，也许我能给自己找个出路呢。"

回到自己的房间，丁一山怎么也无法入睡。

第二天一早，头昏脑涨的丁一山给旅社老板交代过续订房间的事，赶到潘丽莺的宿舍时，潘丽莺正在给他准备早饭。她从镇上买来了油饼，小型煤油炉子上的铝锅里已经煮好了荷包蛋，她正在往锅里放葱花和香油。

丁一山注意到，她今天特意穿了一件浅白碎花的连衣裙，仙子一般非常惹眼，仿佛又回到在霓虹灯下大舞台上演唱《茉莉花》的大学时代，他心里莫名地兴奋起来。但他还是要尽力掩饰自己的激动，就问她是不是平时自己起灶做饭。她如实交代说，炉子和锅一毕业就买好了，只是平常都在食堂吃，有时想解馋了才动手做一顿，昨晚你来的时候什么都没有，所以只好委屈你吃泡面，连这油饼和鸡蛋都是今早刚从镇上买来的。

她说话的时候，若有羞涩地对他笑了笑，露出那小酒窝小虎牙，多年前那种令丁一山十分熟悉的青春朝气似乎一下子又回到了她身上。他便无所顾忌地从身后抱住她，试图去亲吻她的脸颊，被她扭动着身子甩开了。

潘丽莺半嗔着脸，要他坐到椅子上去，说开饭了，再闹就不给你饭吃，口气眉眼又俨然变回一个教训淘气学生的师长了。丁一山乖乖坐下来吃饭。他俩一边吃饭，一边商量这两天的行程计划。

吃完早饭，他俩就去了南郭寺，算是故地重游。

惠音山已修通了盘山公路，路上没几个人，大都是晨练的老人，挥剑舞绳的，抡拳舒啸的，闲适无争。快到寺门口，碰见一个遛狗的老人，调皮的狗子在寺门口的门槛上蹿进蹿出，好似在招呼主人进门。可当听到主人呵斥说，不许进去，回家，狗子立马跳出寺门，顺着盘山公路狂奔而去。

对此，潘丽莺竟然笑得前仰后合不亦乐乎，对丁一山说："你看这小狗吧，还真通人性，你没有不让它干啥，它也不敢随意进出，只要你不让它干啥，它就马上懂得进退了。"说得丁一山也不由得笑起来，接了她的话说："这就叫灵性吧，有分寸知进退。"

他们在寺里转悠一圈，寻径来到三年前起过誓的那棵老松树下面。没几个游人，丁一山便拉了潘丽莺，一起到树底下看那些同心锁和誓言布条。找了半天，铜锁都是一样的，挂上去的时候就丢了钥匙，可是不论怎么找，也没有找到当年他们留下的"与子偕老"的布条。丁一山说，我们三年为期的誓言，咋能说没有就没有了呢。潘丽莺看出了他脸上不能掩饰的不甘，知道他这次重游只是向自己证明古话里说的一诺千金之类，便随口说："一休哥，你要知道，金石上的誓言是给世人看的，而真正要践行的誓言都是写在自己心里的，不用在乎风蚀雨剥，自然是永恒的。"

丁一山看她一脸的真诚，知道自己这几年的作为努力没有被辜负，真应了那"投我以木瓜，报之以琼琚"的话，一时心里飘飘然起来。

随后，两人进到寺里，看到院子里用砖墙围着一棵非常驰名的千年老柏树，唤作"春秋古柏"，那硕大的树身早已歪倒，几乎和地面平行而卧，但由于树身过长，树梢依然高高地搭在大殿的屋脊之上。令人惊奇的是，整株老树在岁月的沧桑风雨中早已枯死了，毫无生气可言，唯独那崛起在屋脊之上的树梢部分，依旧葱茏蓊郁，生气蓬勃，令人叹为观止。

丁一山喊来一个照相的师傅，给两个人拍了一张风景合影。丁一山嘱咐照相的师傅，照片上务必题上"万古长青"四个字，寄送到潘丽莺所在的学校去。

他们从寺里出来时已近中午，计划好去师专母校看看的，所以两人搭了面包车赶往市区。

下午，两个人在已经有点陌生的师专校园里转悠，随意睹物，回忆往事，也没碰到什么熟人，两三个小时就过去了。最后，在丁一山的提议下，他俩买了点水果，专门去拜访了系里的杨龙军老师。

杨老师家搬到了家属区一栋四层小楼里，是两居室的小套。他们已有了一个一岁的女儿，一家三口在几十平方米的空间里，家常日子也算是过得其乐融融。

杨老师对两个学生都不陌生，热情招呼，倒是师母对潘丽莺似乎还有些敌意，言语声气里遮不住的别扭，好在师母和他们打过招呼，就去忙孩子的事了。

丁一山向杨老师汇报了考取西京师大霍公木教授的研究

生的情况，再三表达对杨老师的感激之情，还不忘请教杨老师对自己学业方向的指导意见。杨老师还是那么健谈坦率，只是话里话外希望丁一山学成之后能报效母校。杨老师说，学校现在换了新领导班子，正在极力筹划升级师范学院的事务，特别重视提升师资队伍建设，计划要大力提高硕士博士学位的教师比例。无疑，他俩都对杨老师的话怦然心动了。

告别了杨老师，一出楼门，潘丽莺就打趣丁一山说："祝贺未来的大教授，前途一片光明啊。"丁一山微笑不语，只默默地牵住了潘丽莺的手往外走。

接下来的一天，他们去了潘家寨潘丽莺的家里，算是正式和她的家人见面。他们赶到她家的时候，潘叔已经到东川区的市场上卖菜去了。潘婶和潘丽莺的妹妹丽鹃在自家的苹果园里给苹果挂袋子，他俩便去帮忙。

见了面，潘婶和丽鹃都停了手里的活儿，上上下下打量着丁一山，像鉴定一件商品似的，弄得他有点手足无措。他和潘丽莺交换一下眼神，鼓起勇气喊了声婶子。潘丽莺赶紧介绍说："妈，他是我大学同学，叫丁一山，刚考上西京师大的研究生，顺路来找我玩的。"

潘婶笑着连声说好。小妹丽鹃却凑到姐姐的耳旁俏皮起来，说："是男同学还是男朋友？叫一山还是一休？"故意让大家都听见，惹得潘婶也笑了。潘丽莺追着妹妹要打，说不许胡说。听到一休，丁一山纳闷，难道这姐妹俩心有灵犀？

丁一山对农活儿再熟悉不过，看一眼就知道给果子挂袋子是怎么回事。于是他和潘丽莺建议，重新分工合作。他让潘婶和小妹丽鹃只挂低枝上的果袋子，自己踩着梯架往高枝上挂，潘丽莺给自己分递纸袋子打下手就行。大家都说好。

干了个把钟头，潘婶说要回家去准备午饭，把小妹丽鹃也带走了，留下丁一山和潘丽莺两个人。潘丽莺对丁一山说："我妈把你当了贵客呢，咱中午肯定有好吃的了。"他俩又挂了四五棵树，已到中午时分，便收工回家。他们到家的时候，潘叔也卖完菜回来了。

显然，潘婶用心做了一顿农家午饭：一盆香菇炖土鸡、一盘土豆炒腊肉、一盘土制酿皮子、一盘蒜泥拍黄瓜，每人一碗土制凉粉。

丁一山一边埋头吃饭，一边思忖：潘叔对自己客气有余又不冷不热，潘婶时时笑脸却处处防备，小妹亲近有加又不分亲疏。他自我安慰，好事多磨，慢慢来吧。

吃过午饭，潘丽莺把小妹丽鹃叫到丁一山跟前说："我爸说的，下午你们去给韭菜地里浇水除草，剩下挂袋子的活儿我和我爸就能做完。"

丁一山明白了，这是父女俩要讨论自己的去留问题，就痛快地答应下来。

潘丽莺正在读高中，开学就是拼命的高三了。丁一山问她想考什么大学，她一副听天由命的样子说，上不了本科就上专科，无所谓。他很惊奇，像她这样的伶俐女孩，怎么对自己的学业前途无所谓呢？可转念一想，也确实啊，挣死八活考个重点大学，像他这样没有运气的话，分配个工作，还不是从头做起嘛。他不想劝小妹什么，只跟她说，路都是自己走出来的。

晚上回到潘丽莺的宿舍，两个人都有点疲乏，什么话都不想说了。可是丁一山看潘丽莺一直噘着嘴巴闷闷不乐，还是心有不甘，两次问她潘叔对他什么看法。潘丽莺被纠缠不过，告诉他说，她爸就是个农民，思想意识死、脑筋笨，一心希望女儿能嫁个好点的人家。她爸并不是嫌弃丁一山，整个下午都在给她讲，要不找个当官的，要不找个经商的，像丁一山这样死读书做学问的，不富不贵，一辈子也没有出头之日。

潘丽莺说："我哪怕没吃没穿，也不会找什么当官的经商的，我偏要和我的一休哥在一起。"

丁一山忘情地和她拥在一起。可是，他突然心头一悸，不能就这么对不起潘丽莺，不能见到好处就奋不顾身地冲。想想那个金家巧，可能要用一生的苦难去偿还张树东犯下的错误，他怎能忍心让眼前的潘丽莺变成一个那样的女子呢？这念头看似虚伪，在当时丁一山的心里却是真实的。他赶忙悄声出门，回到温泉旅社去了。

他不曾想，在他身后的黑暗里，恰好有一个身影飘出来，是朱志文，溜进了潘丽莺的房间。

就这样，丁一山守住了自己对私欲的底线，却丢掉了他的伴鸟，又一次成了落单的孤雁。

第二天一早，丁一山去找潘丽莺，只看见门上贴着一张纸条，写着："一山：对不起，我临时有点事，咱后会有期。丽莺。"

半年之后，丁一山放了寒假再来找潘丽莺，得到的却是她已经嫁人的消息。丁一山守住了一次对私欲的底线，却失了伴儿，他丢魂儿了。

07

　　拙于揣摩更不会算计，这使得丁一山的感情世界惨遭空
前崩塌。丁一山看到潘丽莺留的字条，一时间成了无头的苍蝇。
去西京师大报到吧时日尚早，回家帮父母夏收吧，又因为之前
给父母写信说过要去西京上学谋出路，这时候也不可能回去了。
身上带的积蓄不多，还要用作学费，他只好退了旅社，背着一
只帆布提包，混迹于渭川市的湾湾叉叉巷道楼洞桥底树下。有
时也能打听到什么地方有人用工，就去混个零花时饱。终于挨
到开学报到，便离开渭川去了西京。

　　半年里，丁一山给潘丽莺写过四五封信都不见回音，最
后还有两封退了回来。他为潘丽莺的事心神不宁，设想过各种
可能，终究不得印证，于是一放了寒假，他便把回家的车票改
成在中途的渭川下车。

火车到达渭川是早上七点多，他直奔了桃园学校而来，门房老汉告诉他，潘丽莺从学校调走快半年了，听说调到什么地方当干部去了。

丁一山去了潘家寨潘丽莺家，见到潘婶和小妹潘丽鹃。潘婶一看是他，立马不自在起来，一脸的灰色，不再有笑意。知道了他的来意，从屋里喊出潘丽鹃说，去送送你丁大哥吧，家里忙着呢，我就不招呼了。

小妹返身回去，穿了外套出来，对他说："走吧一山哥，到外面去说。"

丁一山从小妹口中得知，潘丽莺在暑假里和他见面后不久，被学校所在的市西川区调到区政府，当了区妇联干事。为了优化干部队伍，潘丽莺凭她知识分子无党派女干部的身份优势，两个月后升了妇联主任，算是委以重任。小妹说，在转干这件事上，姐姐的一位大学同学起了关键作用，那位同学就是原先的系学生会主席，好像一直在追求她。

丁一山问："你说的那人是不是叫朱志文？"

小妹睁大眼睛，似有吃惊，说："对，就叫朱志文。你们认识啊？"

丁一山点着头说："嗯，认识，一个系的嘛。"

"那同学到家里来过几次，姐姐一直不冷不热，不曾答应他。可是我爸妈看着喜欢，说他大小是个干部，总比读书郎要强好多。说了几次，姐姐就点头答应了。"

丁一山迎着寒风走在河堤上，无心去理会小妹在身后的絮叨，任凭从心底泛起的凛冽一直燃烧到发梢，任凭脚下繁衍的荒芜一直茂盛到眼角，他已经是一副大义凛然的姿态了。

他告诉自己，无论什么现实，他都要接受，心安理得地去接受。他不能怯弱，因为他知道，这大西北的冬天，不管它有多少肆虐的野性，你必须要准备好用铁一般的心去承受。

小妹说："丁大哥，你一定恨死姐姐了，对吧？"

他没有作声。

小妹说："丁大哥，你一定会说我爸妈太势利眼了，对吧？"

他没有作声。

小妹说："丁大哥，你一定认为我姐夫朱志文是个乘人之危的小人，对吧？"

他没有作声。

小妹说："丁大哥，我看你对我姐，那真是一个真心。可是，天不从人愿的事就那么多。我姐她放不下朱志文那头，一直和他有联系，可能是因为姐姐不甘心当个老师吧。那朱志文，偏偏又缠着姐姐不放，或是为了图姐姐的容貌，或是为了证明自己当了干部的能耐。他给姐姐又是转干又是升职的。姐姐就一个寒门女子，如何抵挡得住这些呢？最后当了区上的妇联主任，就不得不做了朱志文的女人。我姐夫朱志文，其实也不算什么坏人，他对姐姐也是真心的好，天天送她上班接她下班，连星期天都要一起来我们家或一起去婆婆家。"

"那么说，他们……已经，已经结婚了？"他听出来，小妹是有意不说那更为重要的呢。

"结婚了啊。"

"什么时候？"

"就在国庆节。"

丁一山终究是听到了自己最不愿相信的事情，小妹后面说了些啥他都没听见，木木地走出潘家寨。他的痛，先从心底发动，而后冲上脑壳，最后在两鬓间燃烧起来，有热辣辣的东西在奔涌。他竭力止住了这痛，平静地看着面前的小妹，在嘴角耸起一角笑意。

小妹说："丁大哥，我们老师说，塞翁失马焉知非福呢，你肯定是有大福气大富贵的人呢。"

他对小妹笑笑，没说什么。

小妹又说："丁大哥，老话说，天涯何处无芳草，何必单恋一根葱呢？"

丁一山被惹笑了，问："你说的这老话，是谁告诉你的？"

小妹说："我们同学都这么说的，天涯何处无芳草，何必单恋一根葱？有啥不对吗？"

他没想到，小妹潘丽鹃已经高三了，是个准成年人了，她在他的面前还要装成小大人来安慰他开导他。他对潘丽鹃挥挥手，说："你，回去吧，我没事了，你好好准备考大学吧。"说着扬了扬手，朝村外的车站走去。

到了村外的车站，小妹从后面追上来，塞给他一个信封。他打开，里面是一张放大的彩色照片，就是暑假他和潘丽莺在南郭寺古柏树下照的，题在上面的"万古长青"四个字，此时显得十分刺眼、滑稽。他感到心底一阵刺痛，身子歪斜摇晃，两手颤抖。他没有顾及小妹的存在，三下两下撕碎了照片，扬在刺骨的寒风里，哈哈大笑着离开了。

小妹在他身后嘶喊着说："丁大哥，你要保重啊。不管咋样，我都替姐姐对你说声对不起啊？"

丁一山向身后挥手，说："没事，你回去吧。"

他本来还打算找到潘丽莺，当面问问她为什么会这么做，可是转念一想，事已至此，就是找到她，她又能给他什么样的答案呢，算了吧。

此刻的丁一山，双眼空瞢，望断天涯而无所见，只有一团迷蒙，就如那只失去了同伴的孤雁，真个是：渺万里层云，千山暮雪，只影向谁去？

丁一山头昏脑涨漫无目的地在渭川街头胡乱转悠，不知道自己何去何从能干什么该干什么了。满世界都是熙熙攘攘来来往往的人们，这是一个完全虚幻的世界。他不认识他们，他们也不在乎他，他和他们，完全存在于不同的世界里。

就在这时，丁一山突然发现了一个他熟悉的身影。那人推着一辆锈迹斑斑的加重二八自行车，披头散发衣着褴褛腰身

佝偻着在路边上走，那两个车轮只有铁轱辘没有胶皮轮，那自行车不是用来骑人而只是用来驮运物什的。车子上驮运的物什，除了两个鼓鼓囊囊用来装盛各种物品的破蛇皮袋子和一卷子被褥衣物之类的御寒物，还有一把断拨残皮的三弦子。

丁一山上学的时候就知道这个人，姓牛，大名不详，人称牛三弦。有时拾荒为生，有时也行乞过活。

关于牛三弦的身世传说，也有好几个版本。大概是说，年轻时的牛三弦学业精湛才能出众，从京城学成归来报效乡梓，还带回来一个貌美如仙的外地女子。两人同在一所高中教书，吹拉弹唱样样在行，是大家公认的郎才女貌神仙眷属。后来，那女子跟校长好上了，一时间闹得满城风雨，天天吵着要和牛三弦离婚。直到有一天，那两人在校长的办公室里幽会时，被牛三弦捉了现行，牛三弦这才决然放手离了婚。离了婚的牛三弦时哭时笑，失魂落魄，一蹶不振，患了精神上的毛病。他有时半夜三更在校园里或歌或嚎，有时在讲台上痛哭流涕，有时候跑到校长室踹门砸窗，有时不管不顾逢人便骂。学校只好把他送到省上的专门医院去治病，半年后医院把人送回原单位，鉴定是他这个病属于轻微型间歇性的发作，只要注意精神调理情绪安抚即可慢慢痊愈。一来二去，牛三弦丢了工作也没了归宿，便落魄成现在这个样子。人们见到他的时候，往往是在某个街边角落或桥头树下，独自抱着一把三弦，一边弹奏一边哼唱，曲不成调，歌不成词。有人施舍个小钞粮票，他不感谢也不拒绝，有人嘲笑他厌弃他甚至欺凌他，他不生气也不反击。

丁一山跟在牛三弦的后面走，不远不近，不知所往。后来，他们走到了渭河大桥，牛三弦半扛半拖着车子下到桥墩下面去了，想必是走累了要歇。丁一山便不去桥墩底下，靠着桥头的栏杆坐下来歇息。过一会儿，桥墩下传出来拨动三弦的声音，是当地民间的眉户小曲，又不完全是。伴着那小调，牛三弦用沙哑的有一搭没一搭的哭诉一般的声音唱了起来：

你为名争来我为利斗，谁又把名利看了个透？蝤蝂小虫它什么都不想丢，到头来却折腾个小命休。

你为财争来我为富斗，谁又把财富看了个透？天上来雨它地面上流，聚到多时都付与了臭水沟。

听着听着，丁一山觉得那歌儿似乎对应了自己的情景，把那歌儿轻声地哼了起来。哼着哼着，他更觉得那词儿有了些妙处，喜欢起来，潘丽莺的影子暂时从脑子里飘逸了出去。

丁一山望见桥头的另一头有一家杂货小铺子，便踱过去，看见了柜上的一瓶白酒，是城固特曲，两块钱的价。他不待犹豫，买了来，顺手买了一些带皮的花生和油炸的大豆之类，怀抱着走下桥墩来，在牛三弦对面择一块石头坐下去，问："牛叔，你忙啥呢？"

牛三弦头也不抬，爱搭不理地说："你是谁？"

丁一山笑了一声说："我是师专的学生，认识牛叔呢。"

"你做啥？"

"不做啥，胡转呢。我就问牛叔，你唱的啥？"

"你听着是啥就是啥。"

牛三弦不再搭理丁一山，继续他的自弹自唱。

丁一山拧开酒瓶子，从包里翻出自己的喝水杯，倒上大半杯酒，再把酒瓶推到牛三弦的跟前，在地上摊开花生大豆之类。牛三弦眯着眼皮睃了他一眼，从身后什么地方搜出一个几乎没有了搪瓷的缸子，也把那酒倒了些，抿一口，长吐一口气，对丁一山嘿嘿笑了一下。

丁一山喝一口酒，拿一颗油豆子放在嘴里嚼着，说："牛叔，我听着你一直在唱'争'呀'斗'呀，现在没人再提什么阶级斗争了，你咋还唱这个呢？"

老人又睃了他一眼，放下弦子，也抓了花生大豆吃着，沉吟半晌才说："年轻人，给你说吧，我早已经把自己给斗没了。说啥好呢？"

丁一山看牛三弦还沉浸在过去的痛苦中，不忍让他再度伤心，就举了杯子说："牛叔，这些说了没用，我们不说了，好吧。"

牛三弦喝了一大口酒，继续说："年轻人，争斗这个事不好说。谁说现在不提了？说是争斗，往好了说叫奋斗，往坏了说就是争气，争斗就是奋斗呢。有人的地方就有江湖，有江湖就免不了争斗。我唱的这个歌就叫《斗斗谣》，唱一唱有啥不合适的呢？"

"说得也是啊，这世人，只要有一口气在，不争不斗，那也没啥意思嘛。"丁一山顺着牛三弦的话附和道，"连那老话不也说嘛，人争一口气佛争一炷香呢。"

牛三弦略顿一顿，眉宇间泛起笑，皱纹拧巴成两个漩涡，神采生动起来，继续说："你看啊，这大千世界，万物都离不开生存竞争，没有竞争就没有这世界，有奋斗才会有生机吗。再说了，人人都在争斗当中，可争来斗去，又有几个人看得破呢？争来斗去，实际上都是自己跟自己斗呢。哎，不说了。"

丁一山说："牛叔，不说就不说，来，我也跟着你唱一唱。"

于是，两个人边喝酒边弹唱，把那《斗斗谣》在这寒风里的桥洞下面完整地演练起来。

不知什么时候，丁一山被冻醒了，从远近的灯火判断已到了夜时。他的身上裹有一条被子，铺一半盖一半。桥洞里不远处燃着一堆火。牛三弦正在火堆边煮弄饭食。一股特别难闻的气味直钻入丁一山的鼻腔。他这才发现，盖在身上的破被子，满是污垢油渍，已经根本分辨不出是什么颜色了。他的胃里极度不适起来，一阵搅动翻腾。他赶紧坐起来，趁着牛三弦不留神，悄然离开了那个桥洞。

从桥洞里出来，一走上河堤，冷风从四面八方直扑过来，刚才灌到胃里的那几口劣酒早已失去了御寒的劲儿，他连打了两个冷战。冬夜的城市早就没有了热度和闹腾，显得十分空洞，看不见什么人影车马。丁一山意识到必须得立马找个宿夜的地方，于是他下意识去摸口袋掏钱，掏遍了全身，才找出不足三块钱。住店是不可能了，凭经验，他只能去火车站的候车室，那里是他现在唯一可以逃开这可恶的冷风和黑暗的地方。

他一路穿城走来，身上倒似有些暖意甚至微汗。候车室里有两三个等后半夜过路车的乘客半醒半睡地在聊天。还有一个流浪汉，蜷在靠近火炉的长椅上睡觉，身上盖了一件又脏又破的棉衣。一个治安值班员坐在平时有女售票员的窗口后面打盹儿。女售票员不知去了什么地方，反正没人要买票。

丁一山找了一个能躲开穿堂风的座位，刚要枕了提包躺一会儿。值班员就朝他走过来了，怀里抱着一根警棍，亮着嗓子嚷嚷："等车的？去哪儿的？"他嗯一声，没说去哪儿，因为他要去的地方太小太穷，让谁听到都会是一鼻子的不屑。那值班员骂骂咧咧地走到流浪汉身边，用警棍戳了两三下，驱赶他到别处去过夜。

一声汽笛响，候车的那几个人蜂拥进了站台，候车室瞬间安静了，只剩下三个人。那流浪汉哼哼两声又睡过去了，值班员直冲丁一山而来，说买票去，没有车票不让过夜。丁一山想，流浪汉也没有车票怎么能过夜？可是他不是流浪汉，没有和值班员争吵的本事，又没有买车票的钱，只好乖乖地走出候车室。

　　站在空荡荡的车站广场上，丁一山又记起很多年前第一次见到潘丽莺的情景，顿时觉得身上多了一种寒冷以外的东西，使他打了个哆嗦。这里比前几年多了些商业性建筑，小旅馆小餐馆之类，大都关了门，只从窗子望进去就知道是否在营业。

　　旁边不远处有一个茶水店，丁一山之前经常进去歇脚等车。他走进去找一把躺椅坐下，摸出一块钱放在茶桌上。老板娘便从台子后面闪出来，走过来温和地说："你缓着（歇着）呢？"然后快速收走钞票，并送来一只添了茶叶的大玻璃杯和一个热水壶放在他面前，说："您缓着啊。"就闪到台子后面去了。

　　丁一山喝两口热水暖和了身子，可心里的焦虑怎么也没有头绪。混在人群里上车他知道不行，躲开检票员趴煤车太危险，拿旧车票冒充新票也试过行不通，说个幌子上车补票最容易被识破。要想回家过年，总不能冒着寒风和饥饿步行几百里路走着回到祖厉河畔去吧。夜深了，丁一山在茶座上迷糊一会儿，不知不觉天竟亮了，门外有了人声吆喝。

　　这时候，丁一山决定试一下他于迷糊之中想出的一个办法。他打开帆布提包，从里面拿出几个小包，是花生柿饼核桃干枣这些关中特产，虽算不得贵重，可是对他丁一山的家人来说，都是真正的稀罕。他原想，自己好几年没有和父母弟妹一起过年了，花了大一个月的生活费买来，准备在年夜时让亲人们尝尝新鲜的，可是现在不能了。他看店里没人，抱了这些特产到柜台上，跟老板娘说，大嫂，商量个事吧，我没钱买车票回家了，你看这些东西能不能跟你换几个钱。老板娘扒拉了扒拉，先是皱眉，继而摇头，再就是一句重话摞到柜子外头来，说："我只卖茶水，不收土货。"

丁一山感觉自己成了那个被人随意呵斥的乞丐流浪汉了，甚至还不如一个乞丐，赶紧抱了几包东西回到座位上去。

天色大亮之后，丁一山再续了一遍热水，花两毛钱跟老板娘买了一个炸油饼充饥。如何弄到买车票的钱，他绞尽脑汁也没有想出一个好办法来。这时老板娘的心里似乎萌发了善良的种子，走过来说，你可以把土货摆在我店的门口，也许有人看见了会买的。丁一山想想也是，就按着老板娘的示意，在门外找个空地摆上那几包东西，然后把座位移到店门口，守坐在店里御寒。

春节临近，火车站的人潮和太阳升起的高度完全成正比，茶馆门口有人路过时，也会有人驻足看一眼丁一山的货堆，而后都很快离去。这年头，没有哪个人兜里的钞票多过心底的善良。丁一山盯着门外错杂的脚步和地上那几包羞涩的山货，心里说不出的局促，仿佛那些地道的关中山货在经过了他手之后，一下子都变得不正经不地道了，货色也差得难以见人似的。

有几个路过不急着赶车的人，走出去了又返回来，看看周围没人，蹲下来看，一边自言自语一边把柿饼干枣往嘴里塞。

丁一山赶紧从茶馆里出来，拾掇着干果袋子问他们要不要买。那几个人也不说买不买，只说先尝尝再说，边说边伸手往袋子里去。丁一山心里明白，这么点东西可经不起这么品尝，三下两下就尝完了，连回家的路费都换不到了。于是他急忙抓起袋子逃进茶馆里去了。

老板娘笑着走过来说，现在的人是有便宜就占，你不在跟前看着，他就当是自家的东西随便吃随便拿了，不如这样，你的东西就摆在屋里的茶几上，有人要呢就卖，实在没人要了，算我吃亏，我给你出车票钱。丁一山局促当中给老板娘鞠个躬以示感谢。

不多一会儿，从屋外走进来两个中年汉子，跟老板娘要了茶，在丁一山对面坐下来喝水说话。过了一会儿，其中一个黑脸微胖年龄稍大的汉子对丁一山说："你那些东西是要卖的吗？怎么卖？"

丁一山说也不是卖，是换几块钱坐车回家。

那黑脸汉子就走到丁一山的茶座前，打量一会儿便坐下来，说："你是大学生？有学生证吗？"丁一山嗯了一声，不想多说什么，便掏出他的学生证递过去，心里说，我这个情形，说是叫花子还差不多，多丢大学生的脸啊！

黑脸汉子说："别不好意思，谁都会遇到点困难哪。哦，你还是研究生呢。"说着便让跟着他的那个男人把茶杯递过来。

那个男人给丁一山介绍说："这是我们公司经理。"

那黑脸汉子一边慢慢喝他的茶一边说："我的家就在贫穷出名的陕北农村，那年我考到杨陵农林学院，算是跳出农门了，一家人把改变贫穷的希望都放在我身上，倾尽了全家之力帮助我上了大学。给你说吧，我爷爷卖了他的玉石嘴儿的旱烟锅子，我妈卖掉了她一直舍不得用的羊皮护膝，我弟连他攒了两年准备买一架全声道收音机的五块钱都拿出来了，总共凑了八十块钱的学费路费给了我。我刚才都看见了，你这些东西肯定是准备给家里人过年的，也卖不了几个钱，还差点给街痞们混了嘴了。这样吧，你回家需要多少路费，我帮助你，这些东西可要带回家，是你的心意也是你在家人跟前的脸面呢，对吧。"

丁一山一时间不知说什么好，推辞人家的好意显得做作，随便接受人家的帮衬也不妥当。

这时老板娘笑着走过来说："这位老板，一看就是心地慈善的人哪，他刚跟我说，有二十块钱就能到家了，你帮衬他二十吧。"

丁一山赶紧起身向老板娘鞠躬，表示感谢。

那黑脸汉子说："也别二十了，给你五十吧，宽裕些。"说着将一张绿色钞票硬塞到丁一山的手里。

丁一山问人家尊姓大名，黑脸汉子给他一张名片，他看见上面写的是什么公司总经理，便知道碰上了人们说的大款，千恩万谢收了名片和钞票，逃也似的离开了茶水铺子。

08

　　忍饥挨饿的少年时代，丁一山记忆里总是一些与吃有关
的东西。家里缺吃少穿，他又是老大，凡事都要让着弟弟妹妹，
自然少不了吃亏受屈。弟弟丁二宝在谁跟前都耍横，吃的玩的，
只要他想要，谁也拿他没办法。小妹三合，硬抢横夺是不会，
她就只是眼睛里蓄了期盼和泪水，一直盯着你手里的东西，直
到东西最后归了她为止。所以，丁一山经常要为一个烧洋芋一
块谷面干炕大费周章。每当自己心里憋屈不快的时候，父亲总
会拿他的学习好懂事儿开导他。父亲常说的一句话是，你是念
书识理的人，咋能为一口吃喝和弟弟妹妹争嘴呢，那多掉身价
儿撒。时间一长，这样的话听得多了，他慢慢地真就以为自己
是那个主动让梨的孔融了。

　　也是因为这个缘故，丁一山记住了父亲多次给他讲过的

一个故事。父亲小时候逃荒,流落到相对富庶的渭川地界要饭,大人小孩都喊他丁娃子。街上有一个拆字打卦的先生,人称卦先生。他的卦摊子跟前经常聚一些闲人听卦先生信口白活,丁娃子也会凑在外面看热闹。

有一天,卦先生把丁娃子叫到卦摊跟前说:"丁娃子,我给你算一卦咋样?"丁娃子听说,人的好运气越算越少,而坏运气会越算越多,就白了一眼卦先生说:"我才不算呢。"卦先生说:"不要钱,白给你算。"丁娃子说:"白算也不算。"

大家起哄说:"算吧算吧,先生的卦灵着呢,说不定这么一算,你娃以后就走大运荣华富贵了呢。"又一个人说:"丁娃子你傻呀,别人都是掏钱算卦还要求着先生呢。"又有一个人说:"难不成你还让先生给你钱你才算吗?"卦先生好像被这句打趣的话给激着了,提高声音说:"行,我给你钱。"

丁娃子一听说给钱,半信半疑,抬起脸盯着卦先生看。卦先生说:"这样啊,不算卦就不算卦,咱俩打个赌,你赢了我给你三个铜钱买馍吃,你输了就叫我一声先生,咋样?你到现在还没叫过我一声先生呢。"丁娃子想想并不吃亏,说:"能成么。"只见卦先生抓过一截木棍,在地上画了个字符让丁娃子认,说:"我赌你认不出这个字,只要你把它认对了,我就给你三个铜钱。"

丁娃子一天书也没念过,怎会认识字呢?看了一眼,摇了摇头打算认输。

这时有人帮着丁娃子认起字来,有说这是个头儿的个字的,有说这是只鸡爪子该念爪的,有说这是一把打开的伞该念伞的,也有说是一棵草该念草的。实际上这些人也和丁娃子一样,没几个识字的,净在那里七嘴八舌瞎猜呢。

丁娃子不想听大家吵吵,叫了一声先生,说:"我认输,可你得告诉我,它究竟念个啥嘛。"

卦先生说:"它就是你自己呀,念丁,样子像个人吧,丁娃子的丁啊,它是你的祖先呢。"

大家听了如梦初醒,纷纷附和着比画着解释着,都说先生就是先生,有文墨。

那卦先生不无得意地用手指点着丁娃子的脑门,又指着地上的字说:"你这就叫目不识丁,目不识丁。"

父亲每次给丁一山讲这个故事,总不忘补上一句:"你爹我这辈子就想望着你能把书念成,只要你能念书,哪怕咱砸锅卖铁来供你都行。"

乡下人一说到要倾囊干啥就来一句砸锅卖铁,其实丁一山清楚,真要到了砸锅卖铁的境况,可能就连一口像样的铁锅也找不出来了。

丁一山是太阳当顶时分回到家乡丁家沟的。进了家门,迎面碰上父亲正在院子里捆着两只扑腾着的公鸡,看样子是要拿去卖了。看见丁一山,父亲的眼神又喜又怨的,抬头朝上屋

里喊道："老大回来了。"

小妹挑起门帘道："哎呀，真是大哥回来了呢。"说着跳下台阶，抢过丁一山手里的提包，推着他往上屋里走。父亲也丢下手里的活儿，跟着进屋。

屋里黑沉沉的，是多年没有粉刷过墙壁的缘故。娘在炕上躺着，见丁一山进门，挣扎着坐起来，两腿吊在炕沿上，要下炕的样子，哎哟了一声，又把腿收到炕上去坐着。

小妹说："娘得了病，医生说是腰椎劳损，疼起来就连身子都动不了。"

丁一山挨着娘坐在炕头上，听娘絮絮叨叨地问话，你什么时候放的假，咋到这时了才回家，我想着今年你又不回来过年呢。娘问一句他答一句，小妹也时不时插上两句。几番对答，家里这两年的境况丁一山就弄清楚了。

这两年，家里全力以赴只顾了给二宝娶媳妇的事了。农民的观念里，老大丁一山考学出去了，家里少了一份负担也少了一头依靠，家族的未来还是要靠根在土地上的二宝来维系。丁二宝初中毕业没考上高中，就去了内蒙古自治区，说是给人倒土坯，一年下来，钱没挣多少，人却壮成个铮铮大汉了。父母一看，赶紧托人给说媒找媳妇。赶巧的是有个初中同学女娃的家，隔着一条岭也不算远，两家都愿意定了亲。可是婆亲的花销挺大的，丁一山这一头是靠不住的，就让二宝去白银公司当了合同工，虽然一个月只能挣五六十块，除去吃用，一年顶多就能挣些急用钱。说到娶亲的大花费，还得想别的法子。于是交公粮卖余粮，卖了猪崽子卖过年猪，父亲一有时间骑上车子走街串巷，收胡麻换清油收羊毛换针头线脑，就想倒腾出两个钱。就这样，等办完事一算账，欠下了乡邻亲友两三百的债。

大过年的，父亲被债主催债了，今天就是要捆了两只大公鸡去集市上卖了来应急的。

娘如梦方醒，催促爹赶紧去集市，再磨拉一会儿，鸡就没人要了。爹说："鸡不卖了，一山好久没回来过年了，再紧巴，三十晚上也要沾点荤腥吧。"说着起身到院子里放开那两只鸡，拍打着身上的鸡屎鸡毛，出了院门。

小妹说，肯定又去给人下话去了。

二宝是元旦娶的媳妇，小两口不喜欢在家里待着，三天两头往镇子上去逛。今天逢集，吃过早饭撂下碗筷就出门去了。

小妹说，兜里连个钱渣渣都没有，也不知那集镇上能有个啥逛头。娘叹口气说，花花世界里卖个眼也比在穷家里舒服些，年轻人嘛。

小妹现在不叫三合了，一上高中就自作主张去派出所改了名字，叫丁珊瑚了。丁一山开玩笑说，名字改洋气了，学习成绩怎么样呢。他不清楚小妹已经高三毕业了，随口问道，现在高几了。小妹脸色灰下来说，去年应届毕业，落榜了。

丁一山差点失态，看这个大哥当的，连小妹落榜的事都不曾知道。他赶紧说："没考上就再补习再考，咱珊瑚聪明是大家公认的。再说，你看咱们县，每年考出去那么多人，有几个是当年应届就考上的。"

小妹说："考我肯定是要考，可我没去报补习班，我还要帮咱爸妈干些活儿，他们的年龄也大了，苦不动了。"

娘插嘴说："上一年补习班要花一千多呢，珊瑚知道家里拿不出补习费，就死活不去了。"

珊瑚突然问他："大哥，我二哥都娶上媳妇了，你该谈下对象了吧，咋没带回来呢？"

他一时语塞。屋里的气氛也随之沉闷起来。

珊瑚赶紧引转了话头说："娘，我哥这一回来，安顿在哪屋里睡觉呢。"娘说："就是的，我也正盘算呢。"

这的确是眼下必须解决的一个问题。丁一山以前一直和弟弟同睡西厢的一屋一炕，现在打了那窑洞盖成土坯房做了二宝的新房。东厢的小房连着厨房，珊瑚住小房，厨房里堆放着一家人的米面粮油不住人。上屋作为全家人的活动中心，一直是两位老人住着，也逼窄得很，丁一山也不可能挤进来。

珊瑚说，让我哥睡我屋，我到旁人家借住几天。娘不同意，说年头年尾的，谁家都不要去，再说你一个姑娘家，睡到别人家里算咋回事嘛。珊瑚又说，不如把厨房拾掇一下，烧上炕，我睡厨房。丁一山立即否决了小妹，厨房里成天烟火熏天，你还要抽时间复习书本，咋能让你睡厨房，不如我睡厨房吧。娘说，你一个大后生，更不方便睡厨房。

最后的决定是，把"忙上炕"打扫出来让丁一山去睡。

农家谷场上的场屋，就是一间再简陋逼仄不过的草棚子，砌着土炕，只容一人躺卧，留有尺把宽的地面，只够落脚搁鞋。场屋平时堆放些农具杂物不睡人，只在打碾场的忙月天里，需要有人照看谷场防止人畜侵害的时候，炕上垫一层麦草、铺一页竹席，就可以睡人了，所以叫作忙上炕。忙上炕的门很小，门槛就在半墙，其实是仅够一人爬进爬出的窗洞。

接下来，丁一山兄妹花了大半天的时间，把场屋清理打扫干净，弄了个满脸汗渍满身灰土。珊瑚提来半桶水，把场屋里里外外泼洒了两遍，没有了灰尘飞扬。再弄来秸秆烧炕，看着滚滚浓烟冒起，兄妹两人相视一笑，蹲在场边上说话。

"珊瑚呀，爹妈肯定抱怨我，不顾家里还要去读书的事吧？"

"有吗？没有吧。"

"你是不是很怨哥？"

"好好的，我凭啥怨哥呢？"

"如果哥不去读这个研，妹上个补习班也没这么困难呢。"

"哥，你考上研究生是咱全家的荣耀呢。记得那年你考上师专，成了全村唯一一个大学生，爹多风光啊！"

"可是该我工作挣钱帮家里的时候，我又去读书了。"

"哥，你就别说这些了，爹心里高兴着呢。在外面，爹一听有人喊他'研究生爹'，不管好心歹意，回家总是乐呵呵的。"

"是吗？"

"是啊。"

傍晚时分，爹拎着一条猪腿回家了，珊瑚说："肯定又是赊来的。"

二宝挎着媳妇回家了，珊瑚："肯定是手里又没钱花了。"

珊瑚帮着娘去做晚饭。

二宝听说大哥回来了，便带着媳妇到上屋里见了面。爹斜坐在炕头上抽旱烟。二宝媳妇嫌呛，拉了二宝远远地在地下的小板凳上坐了。二宝支使媳妇去厨房帮忙，媳妇出去，很快又转身回来说，娘不要我沾手，说人手够。说着她就坐在二宝身边，伸手从衣服口袋里掏出瓜子来嗑，嗑着嗑着似乎想起了什么，赶忙掏出半把瓜子递到丁一山面前，笑着说："看把大哥忘了，大哥，来吃瓜子。"

丁一山连忙举手挡了回去，说我不吃你吃吧。

二宝嗔怪媳妇说："你就是个嘴货子，只知道吃。"招来媳妇一顿拳头捣在身上。

爹说："二宝，趁着天色还没黑透，你给驴槽里添些草去吧，我身上乏。"

二宝答应着出去了。爹半开玩笑地问："二宝媳妇，这几天浪街，赊下别人账务了没有，赊了多少？"

二宝媳妇说："都是二宝跟人赊欠的，也没多少。"

爹说："记得让二宝想办法把账务还上。老话说，腊月三十，一根蒿柴棍棍都要进家门呢。"

二宝媳妇答应道："好，我知道了。"

因为至今还没通电，农村人不依赖电灯电话电视这些东西，吃罢晚饭，该掌灯睡觉了。丁一山习惯了就着油灯看书。可是这几天奔波疲累，没看几页，困意袭来，准备睡觉了。这时候他听见有脚步声向场屋这边传来，接着是一声咳嗽，二宝来了。

丁一山赶紧推开了忙上炕的小门。兄弟俩打小一桌吃一屋睡，现在分开了，二宝还不忘找哥来拉话。丁一山心里有些高兴，就说："二宝还没睡啊，进来吧。"

二宝说："不啦，说两句话就走，你弟媳妇等着呢。"说着，就蹲在门外的碌碡上，从怀里掏出烟递过来，"哥，抽烟。"

丁一山说："不抽，早戒啦。"

"哥，听说读研究生的，国家给发工资，是不？"

"不是工资，是生活补贴，就是饭钱。"

"哦。那是这，哥工作了这几年，手里攒下些钱没？"

"你问这干啥，没钱花啦？"

"嗯，是这，你弟媳妇爱吃个零食碎嘴的，我还抽烟，这几天赊欠了别人的钱。爹说无论如何赶年三十要给人还了。想跟哥借几个，过完年就还你。"

丁一山想，二宝以前不是这样吧，也许是弟媳妇逼着二宝来的。于是，他把身上所有零钱掏出来，留下自己返回西京的车票钱，剩下十块挂零的，都塞给了二宝。二宝双手接住，说过完年就会还上，然后喜笑颜开地走了。

年三十晚上，一家人坐在一起过年，也是其乐融融。

饭桌上有果有肉，山珍海味的。说是海味，就是珊瑚从集镇上买来的一袋子虾片，油炸了脆生生的，挺好吃。一家人坐着吃了一阵，爹从桌柜里翻出一瓶白酒，是条山御液。农村人没事是不喝酒的，哪怕过年。

爹叫珊瑚拿酒盅来给大家倒上，说："我们一家终于聚齐过年了，人人都要喝啊。"那口气，有未酒先醉的感觉。

过了一会儿，丁一山给每个人的酒盅里添上酒，说："爹妈辛苦、弟弟弟媳辛苦、珊瑚辛苦，大家都辛苦，喝酒啊。"说着，也不顾爹娘，自个儿先喝下去了。

珊瑚说："我哥这是醉了。"便扶了大哥走到外面去了。

这时，山村里遍响竹炮之声，时有耀天之光。大家都在门前的大路口燃烛烧纸，叩天祭祖，烛光灯火映天，童呼嫂唤盈耳，大家都开始过年了。

丁一山悄悄给珊瑚说："我还想喝点酒，你能把爹那瓶酒偷出来吗？"

珊瑚说："行，我再把花生米和鸡腿拿给你。"

蜗居忙上炕，面对一盏油灯。丁一山顿觉了无趣味。

金榜题名，终是个金家集学校里的阅墙屠狗之辈。为爱折翼，依旧是桃花源外春秋古柏下的笑柄。生计杳杳，能问阮郎行程何处可哭？前路茫茫，不知山水尽处可曾有姓有名？就说眼下，生于斯长于斯的这个家里，父母的翅膀底下，可以说已没了自己的寄身之所。

丁一山支走了小妹，在场屋里，独自把盏，很快就喝完了那多半瓶的条山御液，吐了半夜，连黄色的胆汁都吐出来了。连累珊瑚端水送饭地忙了两天。

正月初三一早，趁着二宝两口子去丈人家还没回，早饭时候，丁一山给爹娘说："爹，娘，初三有长途车了，我要赶回西京去呀，学校里功课任务很重呢。"

爹妈先是愣了，想是不是这个年让儿子过得不舒心，又想不出挽留的理由。

珊瑚听说大哥要走，胡猜乱蒙，说："我哥西京城里肯定有对象了，心不能放在家里了。"

丁一山笑着对小妹虎了脸道："别胡说。"

娘说："这就要走啊，跟走亲戚似的。珊瑚，把缸里的油饼和白馍给你哥多装几个，路上吃吧。"珊瑚拿过大哥的手提包答应着去了。

爹说："一山啊，人说一分钱难倒英雄汉，爹知道你在外难心，没有钱的日子，不要说三年，连三天都难对付。可家里也实在帮不了你，我这里只有这十块钱了，顶不了事，给你路上用吧，能买水喝。"说着把一张折成纸卷卷的钞票递给他。

丁一山推辞不要，说我有钱，爹硬是把钱塞进他的口袋里，转身趴在那里吃饭，再也不肯抬头了。

珊瑚进门来，当着爹娘的面打开提包说："哥，这是白馍，这是油饼，这六个鸡蛋是娘昨晚专门煮的，说你在家住不长说走就走的，给你路上吃吧。"

丁一山一一答应，不知临走了跟爹娘说些啥好。

丁一山离了家门，冬日当头，朔风扑面。囊饼山行，途长费短，顿生无尽的凄然无奈之感。

09

嫌恶一个人，其实不需要什么真正的理由。就像卖白面的见不得弄石灰的，弹棉花的见不得卖羊毛的一样，多少带些骨子里的不舒服不喜欢。

同宿舍的魏京生同学是西京城里人，父母都是国家的基层干部，家庭条件好。他是从本校本科直升上来的，人很聪明，在刚认识的时候就流露出要当个名诗人大作家之类的愿望。当丁一山介绍了自己只是一个来自小地方的干过乡村教师的大专生的时候，魏京生惊叫起来："怎么？大专？还是乡村教师？你是考上来的吗？"那种语气，如果你不是当事人自己，还以为人家是在赞叹你钦佩你呢。

毕竟和魏同学有着完全不一样的人生经历，丁一山微微一笑，点点头说："是，大专生，乡村教师。"

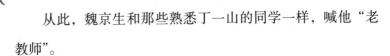

从此，魏京生和那些熟悉丁一山的同学一样，喊他"老
教师"。

丁一山仅靠学校每月那几十块钱的生活补贴度日，生活
的窘相在研究生部有目共睹。

西京城里高校众多，而师大的饭菜是公认的好，饭菜票自
然就成了周边商铺的流通货币，像丁一山这样家境贫寒的学生
就把菜票当作现金使用。因为学校大灶只用饭菜票不用现金，
那些家境好需要补贴菜票的学生，还有附近高校那些想在师大
食堂里吃饭的学生，经常去周边的商铺里找兑饭菜票。

丁一山手里没有什么现金可消费，他每月的菜票就大多
数当作现金用在购买牙膏鞋袜等日常硬性消费了，甚至有需要
添置个背心裤头之类，能用的也只能是攥在手里的菜票了，而
用在吃饭方面的往往不到一半。

学校统一使用的菜票有四种面值，最大面值的是粉红色
六角，还有米黄色两角的、深蓝色一角的和深红色五分的。丁
一山往往是上半个月还能保障每天吃上一顿炒菜加米饭或馒
头，到了下半月，只能是每天三饭顿顿稀饭馒头了。每到这时
候，他总不忘仔细地盘点着计算着手里不同面值和颜色的菜票，
他要保证每天有两角钱以上的炒菜或汤面的营养摄入。有时候，
想打一份五分钱的豆腐乳或一角钱的酱辣椒之类就着馍吃也没
有，因为他的菜票早用完了。

多少年之后，丁一山还会在梦里出现反复清点着手里有

多少菜票，而犹豫着该买豆腐乳还是酱辣椒的情形。梦境里，他还有过因为从口袋里或书页里意外找到一两张粉红色菜票而高兴得笑醒了，翻身坐起床铺上的时候。

在接到一份勤工俭学的家教之前的两个月里，丁一山不得不厚着脸皮向同寝室的魏京生同学告借菜票。因为大家都是清苦度日，只有魏京生每星期可以回家吃点好的，父母还有零花钱给他，自然饭菜票要宽裕些，他还经常拿到周边的商店里换现金来花。

听到丁一山向他借菜票，魏京生瞅着丁一山看了两三眼，确认不是开玩笑，就问："借多少？借多久？"

丁一山说有十元就行了，下个月一发生活费就先还给他。

魏京生站起来，在丁一山身边踱着步子，脸上挂着笑，嘴上却在说："老教师啊，你知道莎士比亚怎么说吗？'不要借别人的钱，借别人的钱会让你大手大脚；更不要借钱给别人，借钱给别人会让你人财两失'。我们是好舍友好同学，我借给你，可你也要记得到时候还啊。"

丁一山连连应诺。

每周一份的《西京师大报》是学校以学生宿舍为单位送阅的报纸。上面有一版《大学生文苑》，专门刊发在读学生的诗文作品，是大家拿到报纸后首先抢读的内容。丁一山听说每发表一篇诗文，都有十块钱的稿费。为了改变自己眼下的经济窘况，他趁人不注意，试探着将新写的两首小诗用心抄了，投进行政大楼底下那个投稿邮箱里去了。

没几天，他的第一次投稿就被刊登出来了，署名"研究生部丁一山"。这并没什么令他惊喜的，真正令他惊喜的是，果然有一天，编辑部李明琪老师捎话让他去一趟报社。他见了李老师，拉了几句家常，李老师意味深长地说："勤工俭学是必要的，但完成学业更是必须的。"说完，交给他一个信封，说："这是给你的稿费。"

丁一山当着李老师的面打开信封，里面是十块钱，他的喜形于色让李老师看在眼里。

一来二去，丁一山和李老师成了朋友。为了帮助他专心读书，李老师要他每月至少投一次稿件。丁一山心照不宣，感谢了李老师的好意，也没辜负李老师的期望。

年轻的丁同学擅长写诗，所以差不多每个月都能发一首诗在校报上面。这样，丁一山每个月可以有十块钱的一份生活补助了，解了燃眉之急，真是大快人心。

这件事同时给丁一山带来了一些意想不到。先是同宿舍的人在课余饭后，难免和丁一山一起讨论某些诗句的理解。而魏京生总是一副毫不掩饰的挑衅和不屑，说："老教师的诗是真不错，可是发表在师大报上未免埋没了。我建议你呀，直接投给《延河》或者别的文学杂志去发表。那样才有分量，出名更快。"说完了又不忘补上一句："《延河》杂志社地址在建国路 74 号，社里我有熟人，需要帮忙就说话啊，哈哈哈。"

丁一山接过话茬来说："咱说实话，投稿不是要出名，咱能出个什么名嘛，咱就是贪图个蝇头小利，每篇能有个十块钱的稿费呢，聊以果腹嘛。"

后来系里本科部的一个唐风诗社主动找上门来，要丁一山担任他们的顾问。丁一山自然是推辞一番，然后痛快地答应。因为都是年轻人，有啥都能说到一起。每周一次的诗社活动，丁一山都要被请去参加。有时在宽敞的草坪上，有时在幽静的读书亭里，有时还会去图书馆的空教室里。诗社要办一份自己的刊物，名为《唐风诗报》。丁一山帮他们审读诗稿，贡献提议规划，他们也和丁一山分享面包和啤酒。他们开始油印了几期，影响很快从中文系扩大到外系，社员人数也增加到两三百人。这样一来，诗社要求社员每人上交一两块钱的会费，油印换成了铅印，月报改成了半月报。改刊后，他们社长坚持要在报纸底栏处"社长"之前冠以"本社顾问丁一山"的字样，任凭丁一山怎么推脱都不行，他也就只好听之任之了。

诗社里负责联络丁一山的是一个叫秦雨燕的女生，也是西京本地人，娇小可人，很热情但不是叽叽喳喳那种，总是抿紧双唇一副笑模样看着你，不说话却能用眼神支使别人。

社里每次活动的前一天，秦雨燕都要到丁一山宿舍里来一两次，来了要坐半天才走。后来她和整个宿舍的人都熟了。只要秦雨燕来，魏京生是必陪的，从头到尾，甚至主动参与人

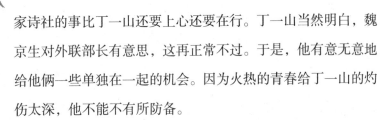

家诗社的事比丁一山还要上心还要在行。丁一山当然明白，魏京生对外联部长有意思，这再正常不过。于是，他有意无意地给他俩一些单独在一起的机会。因为火热的青春给丁一山的灼伤太深，他不能不有所防备。

研究生部旁边是青年教师公寓，那些老师正值盛年，三四五十岁的都有，一到晚饭后就要相约去大操场上释放体能。丁一山也经常去打篮球，一来二往，混在一起了。

丁一山虽说以馒头稀饭为主，可是体力好，身体运动灵活，控球传球能力强，很快就成了老师们在球场上的好队友。他也用心做到防住每一次对手的进攻，创设每一个队友的控球投篮。这样一来，球场上时不时传出"丁一山传球""丁一山盯人"的喊声，引来路过的师生驻足观看。

有一天打球时，天已经热了，丁一山像有几个老师那样，只穿着裤衩背心在球场上挥洒。当他在一个灵活过人上篮轻松得分后，操场边上的大柳树下传来几个女学生的喝彩声："丁一山，好球！""丁一山，加油！"他抽空瞄了两眼，发现是诗社里几个刚吃过晚饭回宿舍的女生站在那里观看，其中带头的就是秦雨燕。丁一山只好远远地向她们扬扬手臂表示打了招呼。

打完了篮球，丁一山看见其他女生都走了，只有秦雨燕还站在操场边等他。他边用毛巾擦汗边向她走过去。

他问她："你在等我吗？有事吗？"

她抿嘴一笑，说："我们在欣赏你的青春健美表演呢。"

他说："什么青春健美？你是在挖苦我和那些老师一起玩吗？"

她说："才不是呢。我是来找你说诗社的事的。"

他说："社里的事，你咋不去我宿舍说？"

她嘟囔着，半天才说："你那个舍友魏京生，啥话都要掺和几句进来。我不想去你们宿舍了。"

他咂摸一阵，对她的情绪表示理解，随即又补充道："他那叫热情，没有瞎掺和吧。再说，他的有些建议还是比我的好。"

她说："反正我不想和他讲。"

他对她诡谲地笑笑，表示悉听尊便吧。

他们约了晚自习去图书馆三楼的大自习室，把社里的事商量一下。秦雨燕先去占座位，丁一山回去冲洗更衣，随后就到。

从那以后，秦雨燕再也没去宿舍里找过丁一山。可是只要丁一山写论文啃资料需要去三楼大自习室的时候，几乎每次都能碰上秦雨燕。

篮球场上，丁一山依旧英姿不减。为了不在熟悉的同学特别是秦雨燕眼里过于因贫寒而失色，他最近盯上了一套某品牌篮球运动衫。最终经受不住诱惑，他几乎用了手里所有的菜票在校门口小卖部里拿下这套篮球服的时候，丁一山预感到至少半个月的饥荒等着他了。

没过几天，他不得不第二次跟魏京生告借。

魏京生见秦雨燕不再来他们的宿舍做客，心里好几天不得劲儿，想着肯定是丁一山怕他当电灯泡。正不自在呢，丁一山又来向他借菜票。于是，他便带着勿谓言之不预的意味，对丁一山说："这两天，有两个武汉的同学写信要过来，说是要联系高校学生运动的什么事，我要管他们几天吃住。所以呢，你要随时还给我菜票的。"

丁一山说："好的，知道了。"

那一年的春夏之交，丁一山兀然发现，学校外面竟有那么多认识之外的美好。远处终南隐隐，眼前麦田青青，不说那些亲切的鸡鸣犬吠人影炊烟，只说郊外田野地畔上那些野苦苣菜，长得格外鲜嫩肥硕，就很令人心动。于是，在丁一山口袋里的菜票用罄午饭没有着落的那个周末，他便不由分说地预谋了这样一顿真正的野炊。

早晨上课之前就备好了两个馒头、盐包和食醋，一只大号铝质饭盒，装在随身的那个军绿挎包里。一下课，所有师生奔向宿舍和食堂，丁一山径直出了校门，走向吴家坟南郊的麦田。

麦田里地势最高处矗立着西京城里最高的建筑——一座电视转播塔。这里是丁一山每次郊游必到的地方，因为熟悉路径，今天他依旧循着电视塔的方向逶迤而来。

一路上只盯着田头地埂，看见苦苣菜就采摘了装进襟兜。

这个季节的野苦苣长得也太欢实了，还没到电视塔跟前，襟兜已经填满了。他看着地里还有好多肥嘟嘟的大朵苦苣，心底的贪念是，巴不得能把这些好东西全部收入囊中。他能想象得出古人在《茉苣》里描述的劳动者快乐采摘的情景是什么样子了，对自己心里驱赶不走的贪念也奈何不了，只好作罢。

看一眼阳光下通身闪着银亮的电视塔，他扎住襟口，搭在肩头，转身朝着远离村落的一片树林走去。

远处的终南山，随便什么地方的一个峪口，都能流出一条清凉爽净的小溪，滋养着这片古老而富饶的土地。眼前的村落田野，在这个夏日午阳下横七竖八地随意静卧着，仿佛一个个慵懒闲适的关中汉子。而在丁一山的眼前，就是一条清凉洁净的小河。那是沣河的下游。

野炊很顺利，丁一山捡拾来一些枯枝干草，河滩上的石头随意挑来架起灶台，用大饭盒烧水。很快，择洗干净的苦苣菜就煮起来了。先把绿菜煮熟后捞出来，滗去绿色的菜汁，能减少些苦味儿。再煮两遍，直到没有了绿气。然后拧干，撒在饭盒里，最后撒上盐巴，调好醋包，一顿充裕的菜肴就做好了。他从书包里拿出一张旧报纸，铺在一块平展的大石头上，摆上一饭盒苦苣菜，两个从食堂打来的馒头，开吃。

晌午的太阳懒洋洋地晒在河滩上，不远处的麦田已经泛黄，关中的夏收在即。农人们也很勤恳，时有一两个汉子在田地边溜达，他们怕有人祸害庄稼。他们看看河滩里烧野菜吃的丁一山，吆喝两句算打了招呼，就转身离开，互不相扰。丁一山也吆喝着回应一下。

饭盒里的苦苣菜，他吃一半留一半，留下的就是今晚做完家教回去后的晚饭。

丁一山还从学生工作处接受了一份初中学生的家教工作，每周两小时的晚辅导课，报酬十元。这是一份在当时算很优厚的勤工俭学的回报了，所以丁一山毫不犹豫接了下来，一个月可以收入好几十块呢。

丁一山一心想着多挣点钱，除去自己的生存需要，如果再有能力给家里寄去百儿八十的，那就真是善莫大焉了，爹娘和珊瑚他们太不容易了。

今天就是为了赶在晚辅导时去学生家里，他准备着下午就在这野外消磨过去了。

夕阳搭山畔了，河滩上又来了一个人影，粉红色的云团移动到丁一山这边来了，是秦雨燕。

丁一山很诧异，问她："你怎么来了？怎么找到这里来的？"

秦雨燕说："中午饭前，就看见你往这南郊来了。这一带我很熟的，以前上初中的时候还在这一带支过农呢。"

她翻看着丁一山饭盒里吃剩的苦苣菜说："你是来这里搞特殊呢，还是来忆苦思甜来啦？"

丁一山无法掩饰窘态，只好说来改换一下口味，回味一下从前农村的生活。

城里姑娘也调皮，用手抓了野菜就往嘴里放。

丁一山赶紧阻止，说："别吃，很苦的呢。"

秦雨燕还是狰狞着嘴脸把嘴里的苦菜咽了下去，说："好特别的味道啊。"

丁一山问她找他有什么事还这么急？秦雨燕告诉他，她们的文学史老师头脑发热，布置要在学期末完成年度论文，下个星期就必须先交上论文方向和提纲，为即将到来的毕业论文做准备。为这事，她一时间没有对策，只能来找丁大诗人帮忙了。

丁一山大概了解到，秦雨燕最近正热衷南唐李后主的词呢。这个亡国之音哀以思的话题，是大三女生很感兴趣的。于是，在返回学校的路上，两个人基本上确定了秦雨燕作业的问题，就以李后主亡国前后词作的变化作为立足点和突破口。他要秦雨燕先拉一个大致的提纲出来再说，秦雨燕答应了。

他们到了校门口就分手了，他要赶去给那个初中生辅导功课。

过了几天，秦雨燕在大自习室找到丁一山，让他给她的论文提纲把把关。丁一山肯定了她对李煜词前后变化的几个基本立论角度，对她列出来作为分析依据的作品材料不够典型的地方做了一些修正，又从词作家创作的自觉意识变化和词风纯熟程度的不同两个角度补充了分论点。秦雨燕表示十分满意。

为了表达感谢之情，她从包里掏出一大堆吃的东西摆在桌子上，两个大面包、五包榨菜、五根火腿肠，还有些卤鸡蛋鸡翅根之类，都是保质期较长的熟食。

她笑眯眯地说："作为给丁老师辛苦指导的报酬，不要嫌少啊。"

丁一山心里明白，她自从那天发现他在野外煮野菜吃的事实，对他物质生活的窘境心知肚明，就想用这种方式帮他，只是不明说罢了。

丁一山看她把食物一样样往他的书包里塞，什么也说，抓过秦雨燕的论文提纲，在页眉的地方麻利地写了两行字："题目——《论李煜词的神与貌》；重点——前期词巧意艳，后期词工意哀。"

秦雨燕拿了过来仔细琢磨半天，无比惊喜的样子说："老师就是老师，厉害厉害。怎么就能这么切合我的想法呢？不怪乎小女子只可意会不能言传啊。"

丁一山鼓励她说："凭你的功底，完成初稿的事不会有啥困难吧？"

秦雨燕说："老师放心。不过写完了还得老师帮忙，看着辛苦改定啊。"

他说："看在面包火腿的分儿上，那也算分内之事吧，哈哈哈。"

临近毕业，霍公木教授给其他同学的毕业论文是要求课题自定，偏偏对丁一山却耳提面命了，要他写一篇"杜甫与秦州"的专题论文出来，要他早做准备。

霍公木教授对丁一山说："我是咱们秦州人，自从在西南联大读书那时候起，就特别钟情于对杜甫的研究和教学。我一直认为，在安史之乱中的杜甫，被迫流寓秦州的将近一年的经历和创作，是他前后两个阶段的人生和艺术的分水岭。但是我有一个心愿一直未了，那就是没有写出这个论题的系统的文章。丁一山啊，我希望你不光是能够把这个论题作为眼前的毕业论文来写一写，甚至以后的治学方向和重点，都可以围绕这个来做的。"

丁一山品咂着导师的话语，慢慢觉悟出做学问往往是一通百通的大道，决定毕业之前一定要把这个任务做出个眉目来。

这一天下午，丁一山没有课，准备去图书馆借几本关于杜甫的著作和评述传记之类的书。当他走到大操场边上时，看到那里聚集着两三千的学生，有人在主席台上演讲，有人在台下喊口号，乱哄哄的。这时，只见魏京生和他的伙伴们簇拥着一位中年老师，在众人的吆喝声中穿过人群直奔主席台而去。在台上，有人立即将一只扩音喇叭递到那位老师手里。台上台下一通欢呼过后，那老师就举起喇叭演讲起来。人声嘈杂的原因，丁一山听不清楚那老师讲的是啥，也无心凑热闹，便径直离开操场，去了图书馆。

一路上，他心里纳闷的是，那个中年老师是谁呢？怎么感觉那么面熟？直到在借书处开始查找他所需要的书目了，他才猛然想起，那个老师是生物系的何知方。

上学期，有学生处老师联系丁一山和何知方见过面。丁一山接了个勤工俭学的活儿，要根据何知方自己的讲述和他自备的几篇发表在报纸上的短文，写了一篇报道何老师自创幼儿数字趣味画的小通讯，不几天就在《西京晚报》副刊上面登出来了。虽然署名不是丁一山，他却实实在在得了一笔十几块钱的稿费。

谁知没过多久，何知方又来宿舍找丁一山了。

何知方以前在秦岭农场养猪的，后来推荐上了师大的生物系，是工农兵大学生。大学毕业后留校任教，这十几年了还是个讲师。几次没评上副教授，他便有点愤世嫉俗起来。他那天的演讲，被系领导知道后，许诺立即解决他的副教授职称问题。可问题是他拿不出学术专著，卡住了。

这位老师讲生物，总喜欢用最简练的笔法给学生画些花鸟虫兽，慢慢地摸索出一点门道，就是用十个数字各种组合套装，画成简笔的花鸟虫兽，还无不逼真。于是找人在不同的报纸上登了几篇相关的报道文章。

丁一山这次接到的活儿，显然不同以往。他要把这些数字绘画结合老师自己的一些文字和讲解，整理出来，作为著作出版。说真的，这个活儿不难，只需要端起一副学术架子修改补正一下，难就难在怎么给它一个学术著作的画皮和腔调。

丁一山弄了几个周末，总算交了差。然而，这件事却招来他的舍友魏京生一顿无情的嘲讽。

魏京生说："那不就是个少儿数字趣味画嘛，和生物教学没有半点关系的，硬是要上升到学术专著的高度。你丁一山还真够可以的啊，大家都为自己的毕业论文忙得焦头烂额的，你却一心在挣那几毛钱的饭钱。什么叫不为五斗米折腰，你懂吗？"

魏京生讲这话的时候，丁一山听得出来，很是嫌恶，好像这件事让他也受到了莫大的牵连似的，甚至用那样的劳动挣来的报酬已经变了味道。其实丁一山并没有拿到被他说成五斗米的那笔稿费，因为何知方的这本著作始终因为学术含量低而没有正式出版。

自从魏京生参与组织了那次集会以后，秦雨燕又愿意到宿舍里来找丁一山讨论李后主了，直到他最后帮她改定了论文。自然，只要秦雨燕来，魏京生是必陪的。她的论文被系里的那位文学史老师评了优等，并多次在课堂上公开表扬过。

秦雨燕的父亲是政法学院的教授，母亲在学校图书馆工作。为了让女儿秦雨燕毕业后分配到政法学院去任教，教授父亲动用了自己的人脉关系，把这篇《论李煜词的神与貌》发表在政法学报上了。出人意料的是，后来丁一山见到的样报，上面的署名变成了秦雨燕和魏京生两个人。

10

怨天尤人就意味着承认自己的软弱无能。人生不如意事十之八九，而在这不如意中，大多都是当事人自我观照的结果。言须寡尤，行须寡悔，便可以禄在其中了。如果总是抱怨没有好的机遇促你成功，没有可以借助的力量使你强大，到头来除了悔恨还是悔恨。

早就有消息说，系里准备选拔两名硕士毕业生留校任教，其中必须有一个名额留给唐宋文学教研组，因为由于作为中文系台柱子的霍公木教授的年龄关系，教学人手严重不足。霍教授向系里推荐了有过几年教学经历的丁一山，理由是有经验、上手快，而系主任却建议留用魏京生，理由是魏京生家在本市，又是本硕均就读本校，成绩优秀。最后确定留谁不留谁，一时还没有结果。这样一来，由研究生部和教学部联合组织的毕业论文答辩就显得十分重要了。

系里决定分三个小组进行硕士生毕业论文答辩。丁一山和魏京生都被安排在第一小组，参加听辩的除了几个导师还有系里主管教学的几位领导。丁一山的论文《杜甫与秦州》是导师指定完成的，论点新颖有力，材料充分，学术方向有探索性，因为基本上阐明的是导师的观点，得到了一致的肯定。魏京生的论文是《李后主词的先艳后哀》，对照王国维等大家对李词的论述来看，观点说服力强，材料分析肯綮深刻，也得到了大家的好评。两人为了同一个不言自明的目标，暗中角力自不必说，在答辩中的表现也是难分高下。

听说答辩结束后不久，魏京生的父母找到系主任家里去拜访，希望把留校的机会给魏京生。霍教授也提醒丁一山，想留校的话，最好能得到系里主管领导的支持。为此，丁一山就在着急上火无计可施的当口，决定亲自出面为自己申诉。他向系主任报告，魏京生和本科部的秦雨燕联合署名发表在《政法学报》上的论文《论李煜词的神与貌》，实际上从提纲到初稿以至最后的改定都是自己一手完成的，对照魏京生的毕业论文，抄袭的成分很大。

系主任听后很是震惊，一面派人调阅政法学院的刊物，一面找来秦雨燕当面对质。可是秦雨燕坚持说，她和魏京生联合署名发表的论文是魏京生主笔，自己参与，和丁一山没有任何关系。

　　秦雨燕这样的说法是丁一山始料未及的，真是应了那句话，没打着狐狸倒白招了一身的臊气。要说丁一山就是那个猎人的话，他不仅不够成熟，而且愚不可及。丁一山清楚，这怨不得谁，只怨自己申诉前欠考虑，谋事不周。

　　自然而然地，这件事很快就有了结论，系里最后确定留校的人选是魏京生。系里给出的理由也非常明确，魏京生的第一学历是大学本科，而丁一山的第一学历只是个大专。丁一山对此内心再有不满也只能认命。

　　然而，这人世间的事，的确有些离奇得让人不能捉摸。前一天霍教授还在为没能够让丁一山如愿留校的事安慰他，让他不要气馁，第二天霍先生又把丁一山叫到家里去，说的却是另一回事。

　　霍教授说："你的母校渭川师院这两年高调升级了。现任院长是咱西京师大历史系毕业的校友左枚瑰教授。昨天他和我一起开会的时候特意提起，让咱给他们推荐师资，优先录用。我想，你丁一山不就是现成的人选嘛。咋样？有意愿吗？"

　　丁一山连忙说求之不得呢，都是导师提携。

　　霍教授接着说："你不妨最近抽空去渭川一趟，和那边主管人事分配的部门联系一下，能够签订录用意向，最好就先签下来，学校毕业派遣的事由系里来办。我给左院长写个私信你可以顺便捎带过去。"

　　丁一山明白，所谓私信，无非是想极力促成他工作的事情，于是连声答应了。

霍教授还说起一件事，渭川玉泉观里曾经很著名的一座石碑，刻的是诗圣杜甫的秦州杂诗，集的是书圣王羲之的字，雕刻也是兰州的名家，所以叫《二圣轩碑》。可惜被毁于战乱了。现在渭川当地文化部门打算重修石碑，听说民间有人收藏着碑文的完整拓本，想让霍教授出面参与调查征集和鉴别工作。因为霍教授最近忙于教育部布置的去日本进行文化访问交流的事情，抽不开身，希望丁一山能先行去做一点前期工作。到时候系里给开介绍信，再争取一部分社会实践费用作为工作补助。导师能把这么重要的事情托付于他，丁一山心里十分满足和感激。

丁一山从霍教授家里出来，谁知迎面就碰上了多年未见的老同学唐诚，他说是专程来学校看他的。

这几年唐诚走南闯北倒腾小商品买卖，吃了不少苦头，也积累了一些资本和生意上的经验，现在终于有了自己的公司，俨然一个成功企业家的派头，当起老板来了。

两人一见了面，唐诚拉着丁一山就往外面走，说是一起去吃一顿晚饭。丁一山跟着他稀里糊涂出了学校后门，才想起晚上要辅导学生的事情。唐诚说："还辅导啥呀，不辅导了难道那学生能把饭吃到鼻子里去，还是把钱揣到别人口袋里去？不过只是一句忘了时间的谎话的事，看把你给难的。"就这样，丁一山只好不再去想那辅导课的事了。

唐诚的摩托车驮着丁一山，东拐西绕，来到解放路一个巷子里的一家饺子馆。进到屋里，有五六个人已经等在那里。唐诚一边和他们打招呼，一边介绍丁一山，说是自己的老乡老同学，现在是西京师大的研究生大才子。等大家再次坐定，唐诚给丁一山说，他们都是生意上的合伙人，出来随便聚个餐，让他放开些。客随主便，丁一山说听你的就是了。

先端上来几个凉盘，大杯的啤酒。推杯换盏之间，唐诚告诉丁一山，他通过熟人把袁丹凤从金家集初中调到了县一中，不教课，只管学校的化学实验室。他已经和袁丹凤订婚了，准备过年就结婚。

丁一山说："你们早该修成正果了，提前祝贺一下啊。"说完碰了杯干了酒。

唐诚说："本来是你们最合适的，现在是我有夺爱之嫌，拾了个跌果，怎么能说我们修成正果呢？"

丁一山说："这个跌果还就是你拾了合适，要是别人，那袁丹凤还不愿意呢。关键是你帮她调动了工作，走出了金家集。如果一直待在那个山窝窝里，是金凤凰也会窝成一只老土鸡的。"

接下来每人一大碗的酸汤水饺。西京人吃饺子的花样多，多数人喜欢带汤的，有吃有喝。丁一山吃得满头大汗。

吃完饭，唐诚让他那几个朋友先各自走了，带丁一山去到一处似乎是货储仓库的地方看了看。屋子很大，里面亮着几处灯光，堆放着山一样的物资，两个工人正在码放货堆。

靠近门口的角落有一桌一床，一个消瘦机灵的小伙子值守在那里。

唐诚仔细和他们交代工作，他们都喊他唐总。

从仓库出来，唐诚带丁一山进到不远处的一个居民大院。在一栋三层小白楼门口，挂有好几个差不多格调的单位牌子，其中有一块是"长城啤酒有限公司西京销售总站"，想必就是唐总的地盘了。

到了唐诚的办公室，很气派。两张很大的办公桌，相对着占据了靠窗的大半个屋子。一个大茶几，两排宽面多人沙发。窗台和墙角处布置了几盆绿植。

他们进去的时候，屋里有一个年轻女子正在整理桌面，是唐诚的会计兼出纳小吴，吃饭的时候打过照面。

唐诚说："小吴，给丁教授倒杯茶吧。"

小吴答应着去了隔壁的房间，不一会儿端上来两杯热茶，绿汪汪的。唐诚吩咐小吴道："今天没啥事了，你早点回家吧。"

丁一山说："你这个唐总干阔气了啊。你不是说在自己开公司吗，怎么和长城啤酒搅到一起来了？"

唐诚说："在哪都是给自己干，挣点辛苦钱养家糊口而已。这长城啤酒是咱们省很有实力的公司呢，虽然是民营企业，前年成功上市以后，业务大了去了。那时候我也是赶上了机会，正好公司招聘一名质量总监，咱就凭着那一张师专文凭，顺利考了个食品药品质量检验的证，竞争上岗了。公司派我到西京这边来，要大力拓展市场。现在西京的啤酒市场是以强势的青岛啤酒和西京本土的汉斯啤酒两家为主，我们的长城就是那个硬着头皮挤进来的第三家了。今天吃饭的那几个朋友，都是帮我来搞市场销售的。有市场才有钱赚，这是谁都懂的。这些破生意上的事咱先不说了吧。说说你吧，这几年怎么样？快毕业了吧。"

丁一山说："我有啥好说的，上课下课，吃饭睡觉，哪能和唐总比啊，你可是春风得意马蹄疾呢。"

说到毕业去向，丁一山告诉唐诚自己可能受聘去母校渭川师院任教。他说自己就和鲁迅笔下那个吕纬甫一样，"像一只苍蝇，绕了一点小圈子，又回来停留在原地。"问题是，这苍蝇不会因为绕了一点小圈子而不自在，反而可笑的是又回来停在了原地。

唐诚说："你有什么不自在的，你曾经是渭川的学生，如今回到了原点那也是教师，你站在了你以前无法企及的高度了。这个小圈子绕得值得了。别跟个怨妇一样，总是说自己白辛苦，一手拍着怀里的，一脚踹着炕头的。知足然后常乐嘛。"

唐诚又说："我今天专门找你，还真有一件生意上的事找你帮忙呢。"

丁一山说："别开玩笑啦，我一个手无缚鸡之力的书呆子，能给你帮什么忙。"

唐诚告诉丁一山，现在国家把国债硬性发放到老百姓手里，老百姓不愿意到期再兑现，只想眼下能变现消费了。南方有人靠专门收购国库券发财，赚大发了。我们北方人消息不灵，观念守旧，既怕吃亏上当又怕赶不上热趟儿。"咱俩合作，你收购多少我包销多少。眼下的行情是九十到九十五就能收一百块的券，到我这里都按一百一十块兑换，你能有二十个点上下的获利空间。"说着，唐诚从抽屉里拿出几张面值不等的国库券给丁一山看，又拿了一个大信封出来，说："这是我现在能拿出来的全部积蓄了，共三千块，等于投资给你，作为启动资金。"

丁一山说："这不犯法吗？如果被抓起来咋办？"

唐诚说放心，市场经济里头，要说没有一点风险那是不可能，但只要你有预防能规避，风险就不存在。再说想卖掉国库券的，大都是一些下岗待业的和退休赋闲的，他们比谁都小心谨慎呢。要说小心，还是管好自己的钱物，防范那些小偷小贼要紧一些。说完，唐诚把那几张样券塞进钱袋里，用报纸卷起来塞进丁一山怀里，再用摩托车把他送回学校去。

丁一山回到宿舍，不止一次不自觉地用手去掂捏那一沓钱票，心里十分忐忑。他承认，现在的自己比什么时候都需要钱，可是"君子固穷"，任何形式的"不义而富且贵"他都不能去碰，更何况在他明知私自买卖国库券属于非法交易的情况下再去收购，那个后果之可怕是他不敢去想象的。于是，经过一夜的辗

转纠结之后，他决定第二天就去找唐诚退了钱款终止合作。

唐诚明白了丁一山的来意，也不再坚持，只是嘿嘿一笑说："没想到你是学问越大胆子越小了。"说着从那一沓钱款里抽出三张百元票子，强行塞进丁一山的口袋里，说："一点点心意，你要是再推辞，我就翻脸不认你这个老同学了。"

丁一山也不好意思拒绝了，说："那好吧，就算我借你的，以后一定还你。"

正好是五一放假，唐诚邀请丁一山和他那几个伙伴去骊山华清宫玩了一天，见识了一下杨贵妃洗浴的大水坑，也攀上了有名的捉蒋亭，骑着游乐场的大马扬鞭拍照，一直到天黑才返回学校。

丁一山到了宿舍，魏京生告诉他，系里办公室的老师有事情找过他，让他亲自去办公室一趟。

丁一山第二天去办公室，老师给他开了两份介绍信，一份是去渭川师院联系分配工作的，一份是给渭川市文化局联系实践考察业务的。

拿到介绍信，丁一山便马不停蹄直奔渭川而来。

和以往一样，丁一山照例先到母校拜访杨龙军老师。杨老师新近才担任了中文系副主任的职务，听丁一山是霍公木教授推荐给左枚瑰院长来学院任教的，非常高兴，十分肯定地告诉他，学院正需要他这样的高学历教师，只要他愿意来渭川这样的小城市发展，师范学院一定会有他很好的一片天地。

杨老师说："学院刚放完假，院长的事务太多工作太忙，但是你这个联系工作的事是大事，等不得，我现在就带你去找院长。"说着就带丁一山去了学院行政楼。在院长办公室门口等了快半个小时，终于等到了刚开完会返回的左院长。

左院长是个矮个中年汉子，圆脸黝黑，一头很精神的短发显然是染过的，鬓角新冒出的白发茬子很是显眼。最显眼的还是他粗实的腰身，一堆外突的大腹，连那根宽厚的鳄鱼皮带似乎都要难以承受张力了。

左院长见到杨老师带着一个陌生的年轻人，微笑着点了头，并无甚威严，自然热情地让来人进屋，并且主动问杨老师有什么事。

杨老师向院长介绍丁一山的情况，强调了丁一山曾是渭川师院的学生，现在是西京师大霍公木教授的弟子，是霍教授亲自推荐来母校任教的。丁一山不失时机地拿出导师的私信双手交到院长手里。院长边看信边说："这个霍教授真是故人真情啊，我还担心他答应我推荐毕业生的事只是随口应付的呢。"说着就让杨老师和丁一山坐到沙发上，让外间的一个年轻人给两人倒了茶水。

不出所料，丁一山谋职的事很是顺利。为了让丁一山不生他念，左院长承诺，鉴于丁一山曾经的教学经历和现有的毕业鉴定，没有试用期，一入职就是讲师职称。对此，杨老师和丁一山都表示十分满意。

从院长室出来，丁一山告别了杨老师，一路寻到桃园旅馆来落脚。

这里现在已经改建成了"桃园温泉山庄"。三栋矮楼依着山势呈品字形排开，掩映在青山和参差的树木中间，以黛青和赭红为主色调的琉璃瓦楼顶，与周围融为一体，安静而和谐。楼前的小广场上立了一座六角亭子，亭子里配有石桌石凳，显得古朴而雅致。中间那栋楼的大厅明亮，玻璃门敞开着。丁一山朝大厅走去准备登记。

这时候，从门厅里出来一位女士，西装丝巾，笑吟吟地，径直走到了丁一山面前，说："丁大哥啊，真的是你啊！我瞅着就是丁大哥来了。你咋到这里来了？"

"你是？"

"咋啦？不认识啦？我是潘丽鹃呀。"

"你？高中毕业了吗？怎么会在这里？"

"还高中呢，人家高职毕业都快两年了。我现在就在这里上班。"说完，潘丽鹃带丁一山来到自己的办公室，门口挂着"经理室"的牌子。

潘丽鹃打开一瓶纯净水放在丁一山面前，然后喊来一个小姑娘，让她去餐饮部安排一个小包间和两个人的便饭。她对丁一山说："我们这里现在搞成了配套服务，洗浴住宿餐饮娱乐一条龙了。"

丁一山问她："你怎么当上这个经理了？山庄是你们家开的？"

"哪是我们家的呀？镇里招商引资，引来了兰州的一个地产商，投资弄了这么一个温泉山庄，算是乡镇企业的一个项目。投资方是我姐夫朱志文联系来的。那时候他是这里的书记，所以他帮我安排在这里工作，我就来这里上班了，正好我在职业学院学的就是酒店管理。"

"厉害了呀，我的小妹。"

"厉害啥呀，打工一族。"

说话间，潘丽鹃带他到了前台，吩咐服务员给他登记一间好点的客房，安排完就离开了。服务员给他办完登记手续，亲自带他上到二楼的房间，单人单间，干净明亮，二十四小时温泉水洗浴。他觉得挺满意，刚准备坐一会儿，又来一个服务员，说潘姐让她带客人去吃饭。

到了包厢，饭菜已经上来了，两盘炒菜、一大盘烧鸡、两碗炒饸饹面。潘丽鹃随后进来，说丁大哥别见外，请你吃个便饭，等明天请你下馆子去，就算正式为你接风。两个人坐下，边吃边说话。

听丁一山说自己不久就要到师院任教了，潘丽鹃一脸的惊讶甚至是惊喜，说："真的吗？丁大哥当丁大教授了啊！"

丁一山得意起来，重重地点了点头，说："是——的——！"

潘丽鹃无不羡慕的神情，举起手中的茶水伸过来，说："恭喜丁大哥！干杯！"丁一山也举起水杯与她相碰，说谢谢。

潘丽鹃又说："这样怎么算庆祝呢？丁大哥，从这里过了渭河大桥，有个地方新开了一家四川火锅，味道很不错的。你想不想去吃？"

丁一山想，奔波这么多年，虽说他几乎每到一个地方都会看见四川火锅的招牌，自己却是至今还没有吃过一回呢。他便对潘丽鹃点点头，说："想吃。"

潘丽鹃如闻将令，脆声笑着答道："好的。这个不吃了，走吧。说定了，明天中午，我们去吃火锅，正式为丁大哥接风。"

丁一山回到房间，放了一池的热水，整个身子淹没在热气腾腾的温泉水里。洗完澡，便关灯上床，蒙头睡觉。谁知到了夜里，潘丽鹃又派服务员给他送来夜宵，说是他晚饭没吃饱，补充一下。他看了一眼，是一袋面包一根火腿外带两枚煎鸡蛋。他没有动，继续睡，直睡到快中午了，才被潘丽鹃打发来的服务员喊醒。

潘丽鹃穿了一身薄料的裙子，略施淡妆，妖娆动人、兴高采烈地带丁一山去吃火锅。

两个人要了一个小包间坐定。潘丽鹃说："今天特意为丁大哥接风，我们一定要喝上两杯。"说着先点了一瓶价格不菲的干红上来，斟了两杯。然后她对着菜谱一顿戳点，很快，荤素各样菜肴摆满了桌子。丁一山说："少点些，我们两个人能吃得完吗？"

锅底是微辣的，没吃几口，丁一山就感觉到头脸冒汗了。

潘丽鹃一边劝他慢点吃，一边频频与他碰杯。

酒饭酣处，丁一山的话也多了起来。他向潘丽鹃打听金家巧还在不在她这里干，那是他曾经教过的一个学生。潘丽鹃说，还在呢。山庄里用着三个清洁管理员，一人分管一栋楼的卫生，金家巧管的是最靠里边那栋楼。听说最近谈对象了，男的是本地人，在另一家乡镇企业里上班。你要见她的话，我让她来找你。丁一山说只是问一下，见面就算了。

丁一山又问起潘丽莺的情况，说："你姐还好吧？都好几年不见了。"

潘丽鹃咳了一下，沉吟着说："有啥好不好的，还那样吧。"

丁一山再问，潘丽鹃就说："其实我姐过得一点都不好，结婚不到一年就离婚了，一个人带个孩子能好吗？再说工作也不顺，区妇联主任给选下去以后，简直就是个打杂的，单位里啥活儿她都得干，今天计划生育明天社区文明的，天天忙，也没个出头的日子。"

丁一山听到离婚的事，有点诧异，就问她："好好的婚姻咋说离就离呢？"

潘丽鹃娇嗔地瞪了他一眼说："还不是因为你？"

丁一山吃惊了，一脸的无辜，表示不能接受。

潘丽鹃说："起初他们两个人闹别扭总是避开你这茬，尽量不提。后来还是绕不过去了，我姐夫说我姐是自取其辱，投怀送抱也没人要。我姐就说我姐夫是乘人之危落井下石，得了

便宜还卖乖。吵着吵着话就越来越难听了，我都学不来。实在过不下去了就各走各的，离婚了呗。"

丁一山听得完全蒙了，一张脸涨成了猪肝色，嘴里的肉块嚼不动也咽不下去了，干脆吐出来，说："这咋还能怨到我头上呢？要说有病也是他们有病，真是的！不吃啦，我回去啦。"说着抬起身子气呼呼地就要离开包间。

潘丽鹃看他真生气了，假笑着硬把他按在凳子上，说："你走什么？我还没吃饱呢。"说着自顾自埋头涮菜吃。

丁一山不看她，半闭了眼睛，只顾喝酒。他把潘丽鹃刚才说的话回想一遍，觉得把自己和潘丽莺离婚的事扯到一起，实在是不通，甚至可笑。

潘丽鹃吃了一阵，看丁一山真没了兴致，就匆匆结了账，挎着丁一山的胳膊招摇地走出店来。她对丁一山说："怎么？还在为我姐的事生气呢？"

丁一山只顾走路，不吭声。

她看丁一山脸色阴郁不说话，便放开了他的胳膊，说："是我说了错话，惹你不开心了，对不起好不好？"说罢，便甩腰摆胯，身如蝶飞，丢下丁一山，径自朝着不远处的渭河大桥蹦跳而去，还情不自禁地哼起了黄梅戏里的段子：

树上的鸟儿成双对，

绿水青山带笑颜。

……